U0464317

追梦少年系列

流浪儿迪克的新衣

[美] 霍瑞修·爱尔杰 / 著　孙张静 张涛 / 译

湖南少年儿童出版社
HUNAN JUVENILE & CHILDREN'S PUBLISHING HOUSE

图书在版编目（CIP）数据

流浪儿迪克的新衣 / (美)霍瑞修·爱尔杰著;孙张静，张涛译. — 长沙:湖南少年儿童出版社，2015.5（2021.3重印）
（追梦少年系列）
ISBN 978-7-5562-0584-4-01

Ⅰ.①流… Ⅱ.①霍… ②孙… ③张… Ⅲ.①儿童文学 – 中篇小说 – 美国 – 现代 Ⅳ.①I712.84

中国版本图书馆CIP数据核字(2014)第239442号

LIULANGER DIKE DE XIN YI
流浪儿迪克的新衣

总 策 划：吴双英　周亚丽　　　　选题统筹：王慧敏
策划编辑：周倩倩　　　　　　　　责任编辑：周倩倩
特约编辑：曹　潇　　　　　　　　封面绘制：山　药
插图绘制：明天教室-南塘秋　　　　装帧设计：采芹人 踌躇工作室
质量总监：阳　梅

出 版 人：胡　坚
出版发行：湖南少年儿童出版社
地　　址：湖南省长沙市晚报大道89号　邮编：410016
电　　话：0731-82196340　82196334（销售部）0731-82196313（总编室）
传　　真：0731-82199308（销售部）0731-82196330（综合管理部）

经　　销：新华书店
常年法律顾问：湖南崇民律师事务所　　柳成柱律师
印　　刷：长沙新湘诚印刷有限公司
开　　本：880 mm×1230 mm　　1/32
印　　张：6.75　　　　字　　数：130千字
版　　次：2015年5月第1版　　印　　次：2021年3月第3次印刷
书　　号：ISBN 978-7-5562-0584-4-01
定　　价：32.00元

梦想

从这里开始

"我这件衣服是华盛顿将军穿过的，"迪克继续信口说笑，
"因为衣服太合身了，所以独立战争时他一直穿着这衣服，都穿旧了。
将军去世的时候嘱咐他夫人，要把这件衣服送给一个一无所有的聪明人。"

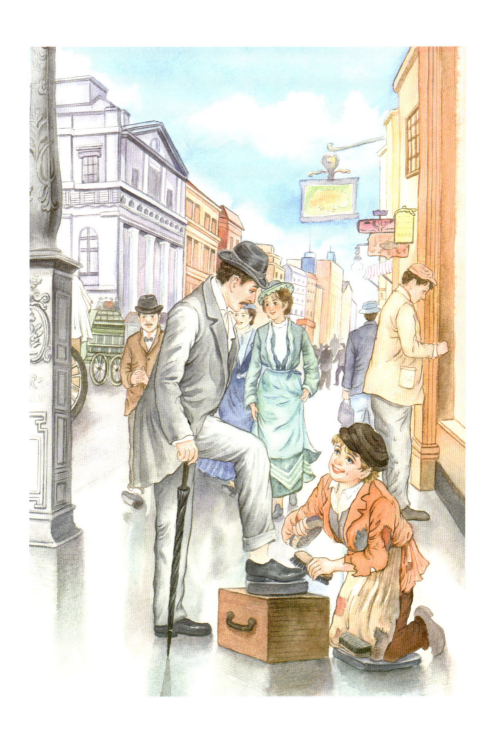

从这里可以眺望港口和码头的全景，
还有往来的船只以及邻近的长岛和新泽西海岸。
他们向北望去，看到了绵延无尽的街道和房顶，
还有分布在各处的教堂不时露出的一个个尖顶。

他摆出一副主人的架势，
领着福斯迪克进入了他的房间。

"你认为这里怎么样，福斯迪克？"他得意扬扬地问。

迪克很擅长游泳，这个本事是他好几年前学会的。
他一看见小男孩落入水中，就决心要去救孩子，
这时孩子的爸爸还没来得及开口求救呢。

前 言

人类拥有梦想，一代接着一代，从不间断。不过，亲爱的孩子，我想与你探讨的话题并不是如何拥有梦想（我相信你会自己找到它们），而是如何能拥有更多机会去实现自己的梦想。

梦想是一个永恒的话题。在这个世界上，几乎每个人都拥有或曾拥有过梦想。梦想对一个人而言，是对未来世界的一种期许。拥有平凡的梦想能改变自我，而拥有伟大的梦想则可能改变更多的人、事、物，甚至整个世界。

自古至今，人类的先辈已将他们的无数梦想化为现实。爱迪生试用了6000多种材料，经过7000多次实验后，才点亮了世界上第一盏电灯；飞机的发明者莱特兄弟在进行了上万次失败的实验后，终于在1903年12月17日的上午飞行成功；马丁·路德·金于1963年8月28日在华盛顿林肯纪念堂发表的，关于黑人民族平等的著名演讲《我有一个梦想》，给美国甚至世界带来极大影响，至今仍在发挥作用，为世界种族平等带来新的希望。

与上述伟大前人相比，《追梦少年系列》中的少年们所拥有的梦想也许算不上伟大，但是他们实现梦想的经历也能使我们了解到一条恒定的真理——要实现梦想，就必须有所付出。

翻开书页的孩子啊，请记住，只有在你付出大量的行动、时间、精力后，才有机会将梦想实现。

梦是人类的希望之星，是人类的理想之灯。

请跟我来，点燃那盏神奇的灯。

目　录

1

迪克出场

"小家伙，快醒醒！"一个大嗓门在高喊。

穿破衣服的迪克慢慢睁开眼，迷迷糊糊地瞧着冲他叫喊的"大嗓门"，并没有立刻起身。

"赶紧起来，你这个小无赖！""大嗓门"有点不耐烦了，"我要是不叫醒你，你恐怕要在这儿睡一整天了。"

"几点了？"迪克问。

"七点。"

"七点！该死，我一个小时前就该起床了。我想起来怎么会困得睁不开眼了，昨晚我到鲍厄里街①的戏院去了，过了半夜才睡觉。"

①美国纽约市的一条街，以低级旅馆、廉价酒吧众多著称——译者注。

"你去老鲍厄里看戏？骗谁呢，你哪儿来的钱？""大嗓门"问。这个有着大嗓门的家伙是史普鲁斯大街上一家商铺的看门人。

迪克说："当然是靠擦鞋挣的钱喽，我的监护人不给我看戏的钱，我只好自个儿去挣了。"

"有些家伙挣起钱来可比你轻松。"大嗓门的看门人话里有话。

"如果你的意思是去当小偷，我可没因为偷东西被人抓过。"迪克反驳道。

"你说你从没干过小偷小摸的事儿？"

"没有，我绝对不会偷东西。有些家伙手脚不干净，可我绝不会。"

"行了，听你这么说，我心里头挺佩服的。迪克，我觉得你还算是个好小伙儿。"

"得了，虽说我没多少钱，可我压根儿没想过去偷，我可是说话算数的！"

"好样的，迪克，""大嗓门"的态度比刚开始和气多了，"你有吃早饭的钱吗？"

"还没呢，我马上就能挣到。"

他们说话的当儿，迪克已经站起了身。他的"寝宫"就是一个木头箱子，里面铺了些稻草。一到晚上，小擦鞋匠迪克就疲惫地倒在稻草上，衣服也不脱，美美地睡上一觉，仿佛身下是羽绒铺垫的大床。

对于迪克来说，起床也是一件再简单不过的事儿。从箱子里站起来，抖抖身上的稻草，摘掉一两根还恋恋不舍地黏在他衣服褶皱里的干草，也不用梳理头发，直接戴上一顶破帽子，就算妥了。他准备好去干活儿了。

站在木箱旁的迪克的形象可不敢恭维。他的裤子上有好几个破洞，而且，裤子前主人的尺码明显要比他大两号。他还穿了件背心，上面的纽扣掉得只剩可怜的两粒了。背心里面是一件衬衣，衬衣看样子已经一个月没洗过了。他的行头还包括一件外衣，他穿着太长，不合身，晃眼一看，人们会误以为这件外衣是古董行里的东西。

对普通人来说，早起后的洗漱通常是必不可少的，可是迪克不讲究这些，他对灰尘并不十分厌恶，也认为没有必要洗去自己脸上、手上的几处污垢。不过，要是不看迪克的破衣烂衫和身上的污垢，他还有几分可爱。显而易见，要是他的衣着整洁得体的话，人人都会承认他是个帅小伙儿。迪克的有些伙伴儿性情狡诈，让人一眼就能瞧出不是可信之人；可迪克不同，他直爽的性格很讨人喜欢。

迪克开始做生意了，虽然他没有办公室，但他的小擦鞋箱早已准备就绪。他机敏地观察着过往行人，嘴里招呼着："先生，擦鞋吗？"

"多少钱？"一位去上班的绅士问道。

"十美分。"迪克说着，放下了擦鞋箱，双膝跪地，熟练地挥起了鞋刷，一看就是个老手。

"十美分！有点贵了吧？"

"嗨，您不了解我们这个行当，"迪克边说边开始干活，"鞋油要花钱买，鞋刷要经常换，也得花钱买啊。"

"我猜你还要付一大笔房租吧。"绅士瞥了一眼迪克外衣上的大窟窿，和他开起玩笑来。

"那当然，先生，"迪克也喜欢逗乐，"我在第五大道上租了套房子，租金高得离谱，要是我擦一双鞋挣不了十美分，就付不起房租了。先生，我保证把您的鞋子擦得锃亮锃亮的。"

"你快点擦，我赶时间呢。你真的住在第五大道吗？"

"除了那儿，还有哪儿？"迪克这句倒是实话。

"是哪家裁缝店给你定做的衣服呢？"绅士看看迪克的衣服，又问。

"您也想去定做一套吗？"迪克机灵地反问。

"当然不，我是觉得他们给你做的衣服尺寸不太合适。"

"我这件衣服是华盛顿将军穿过的，"迪克继续信口说笑，"因为衣服太合身了，所以独立战争时他一直穿着这衣服，都穿旧了。将军去世的时候嘱咐他夫人，要把这件衣服送给一个一无所有的聪明人，于是，她就把衣服送给我了。不过，要是先生您喜欢用它来纪念华盛顿将军，我可以转让给您，价钱一定公道。"

"多谢多谢，可是，我还不想夺人所爱。你的裤子也是华盛顿将军穿过的吗？"

"不是，这条裤子是拿破仑·波拿巴将军送我的礼物。这位将军个子长高了，就把裤子送给我了——他块头比我大，所以我穿他的裤子不太合身。"

"你的朋友都是些了不起的人物，好了，伙计，该付你钱了。"

"我不反对您付钱。"迪克说。

"我看看，"绅士翻看着皮夹说，"我只有二十五美分的，你有零钱找吗？"

"一分都没有，"迪克说，"我把钱全投资到伊利铁路去了。"

"那你算是倒了霉。"

"先生，您能等我去换点零钱来吗？"

"我等不了，马上要去一个重要约会。这样，我给你二十五美分，你有空时再把找的零钱送到我办公室去。"

"行，先生，您办公室在哪儿？"

"富尔顿街 125 号，你记住了吗？"

"记住了，先生，您姓什么？"

"我姓格雷森，我的办公室在二楼。"

"行，先生，我会把钱送去的。"

格雷森先生边走边暗自想："不知道这个淘气鬼诚不诚实：要是他是个诚实的人，我会经常照顾他的生意；要是他不老实，他们这种人大多如此，十五美分的损失也算不了什么。"

格雷森先生不了解迪克的为人，这位穿着破烂的男主角不是十全十美的模范，有时他会骂人，有时他会拿乡下来的、涉世不深的男孩们开涮，有时，遇到不熟悉路况而找他问路的敦厚老人，他会故意指错方向。他曾把一位想去库伯学院的牧师引向古墓监狱，还悄悄地跟在牧师后面。牧师对迪克的话深信不疑，找到中央大街，走上监狱这所巨大的石头建筑的台阶，请求守卫放他进去，迪克躲在一旁笑得前仰后合。

"我猜要是他真的进去了，也待不了多久，至少我是待不下去的。"迪克心想，身上那条肥大的裤子直往下掉，他用手提了提，"他们一看到你进去，还不乐颠了？哪儿还会放你走！肯定会让你在里面免费吃住，还不用付账单。"

迪克的另一个缺点是胡乱花钱。因为他很有眼力，会做生意，所以挣的钱足够让他过着舒舒坦坦的日子。连那些时不时来找他擦鞋的小职员们的薪水都不见得比迪克高，虽然这些人衣着光鲜，派头十足。可是，迪克花起钱来大手大脚，弄不清挣来的钱到底花到什么地方去了。不管他白天挣了多少，到第二天凌晨的时候，这些钱准会没了踪影。迪克喜欢上老鲍厄里看戏，或是去看托尼·帕斯特的马戏，要是看完演出后他兜里还剩几个钱，就会请几个朋友上饭馆吃牡蛎。所以说，难得有哪天早晨他醒来后口袋里还剩一分钱的。

很遗憾，迪克还有抽烟的毛病。他抽烟挺讲究的，不抽便宜货，再加上他一贯慷慨大方，总喜欢散烟给朋友抽，所以他在香烟上的花销也不小。当然，花钱是小事，最要紧的是抽烟有危害，没有哪个十四岁大的男孩不会因为抽烟而伤身体的。大人还常常因为吸烟而得病，更何况是孩子。不过，许多报童和小擦鞋匠都有这个坏毛病，他们总是身处阴冷潮湿的环境中，抽烟能让他们觉得暖和一点，也更舒服一些。人们不难看到，纽约街头常有小男孩老练而惬意地抽烟——虽然他们还没有到能离开母亲视线的年纪。

迪克存不了钱还有另外一个原因。在巴克斯特大街上有一家臭名昭著的赌场，一到晚上，这里常挤满了小赌客，他们一般都会把挣来的辛苦钱输在赌场上，只有靠不时喝上一杯两美分的劣质混合酒来提神。迪克有时会来赌场玩上一阵子。

我让大家了解迪克的缺点和不足，是因为我想让你们理解，一开始我就清楚他不是十全十美的人。不过，他也有一些好品质，比如他从不干害人的可耻勾当，也从不偷盗欺诈，或是欺凌弱小，相反，他为人坦率正直，自力更生，浑身充满阳刚之气。瑕不掩瑜，这些高尚品质足以抵消他的坏毛病，希望读者们能像我一样喜欢上他，同时也能意识到他的不足之处。尽管他只是一个擦鞋匠，他身上也还是有值得你们学习的地方。

好了，最真实的迪克已经展现在你们面前了，下面我们一起来看看他后面的冒险经历吧。

约翰尼·诺兰

迪克擦完格雷森先生的鞋子后，又给三位顾客擦了鞋，运气不错，其中两位是《纽约论坛报》的记者，这家报社就在史普鲁斯大街和印刷厂广场的拐角处。

等迪克擦完最后一位顾客的皮鞋时，他听到市政厅的大钟敲了八下。他已经起床一个小时，又卖力擦了几双鞋，现在该解决早饭问题了。他走到史普鲁斯大街尽头，拐到拿骚大街，又走了两个街区，来到安妮大街。这条街上有一家物美价廉的小餐馆，只需花五美分就可以喝一杯咖啡，要是再添十美分，还能来份牛排和一盘面包。迪克点完这几样，便在一张桌旁坐下。

这家餐馆门面不大，只有几张简单的桌子，桌上连桌布都没有铺，因为这里的常客通常不讲究这些。迪克的早餐很快就摆在他面前了，当然，咖啡和牛排都不如德尔莫尼可饭店的味道好。不过，就算他挣的钱能承受得起饭店的高价饭菜，就凭他这身打扮，恐怕这家高档餐厅也不会接待他的。

迪克刚要吃面前的早餐，却一眼瞥见一个与他个头相仿的男孩站在餐馆门口，眼巴巴地朝里面张望。这个孩子叫约翰尼·诺兰，十四岁，他和迪克一样，也是个擦鞋匠，连身上穿的衣服也和迪克的一样破烂。

迪克切下一块牛排，问："约翰尼，你吃过早饭了吗？"

"没呢。"

"那快进来，还有空位。"

"我没钱了。"约翰尼说着，羡慕地看了一眼这位幸运的朋友。

"你早上没有去擦皮鞋吗？"

"去了，擦了一双鞋，可要等到明天才能拿到钱。"

"你饿不饿？"

"你要是我，就知道了。"

"进来吧，今天早饭我请客。"

约翰尼·诺兰毫不犹豫地接受了邀请，立即坐到了迪克身边。

"你要吃什么，约翰尼？"

"和你一样就行。"

"一杯咖啡，一份牛排。"迪克帮他点了早餐。

早餐很快端上来了，约翰尼狼吞虎咽地大吃起来。

擦皮鞋这个行当的规则和其他高等职业的规则一样：天道酬勤，只要努力工作就有收获，而好逸恶劳就会吃苦头。迪克干活儿时总是劲头十足，眼疾手快；而约翰尼恰恰相反，结果就是迪克挣的钱几乎比约翰尼多两倍。

迪克得意地看着约翰尼埋头猛吃，问："味道怎么样？"

"倍儿棒。"

我相信，在韦氏词典或其他任何大辞典里面都查不到"倍儿棒"这个词，可这些男孩能听懂它的意思。

"你经常来这儿？"约翰尼问。

"差不多每天都来，你也来这儿吃吧。"

"我没那么多钱。"

"怎么回事？你应该有钱的。"迪克说，"告诉我，你把钱花到哪儿去了？"

"迪克，我可没你挣得多。"

"得了，只要你多用心就成，我经常瞪大眼睛到处找活儿，就是这法子，你是个懒骨头，自然挣得少。"

约翰尼没有反驳迪克的指责，也许是因为他觉得迪克说得对，就不愿意说话，好继续享用这顿免费的早餐——不花钱就能吃到的东西分外美味。

吃完早饭，迪克到柜台付了钱，然后就往街上走去，约翰尼跟在他身后。

"你要去哪儿，约翰尼？"

"我去找史普鲁斯大街的泰勒先生，看他是不是想擦鞋。"

"他是你的老主顾吗？"

"对，他和他的合伙人差不多每天都要擦擦鞋。你上哪儿去？"

"我到埃斯特饭店跟前转转，说不定能碰到几个顾客。"

刚说到这儿，约翰尼突然一闪身，躲到一个入口处的门后，把迪克吓了一跳。

"你干吗？"迪克问。

"他走了吗？"约翰尼问迪克，他的话里透出掩饰不住的焦虑。

"谁走没走？我听不懂你在说什么。"

"那个穿棕色外套的人。"

"他怎么了？你怕他吗？"

"对，有次他带我去了一个地方。"

"什么地方？"

"一个老远老远的地方。"

"后来呢？"

"我逃跑了。"

"你不喜欢那地方？"

"不喜欢，那儿是个农场，我每天都得早早起床，早晨五点就得去伺候那些奶牛，我还是最喜欢纽约。"

"他们没让你吃饱饭？"

"吃倒是能吃饱，吃的东西多着呢。"

"那，你没床睡觉？"

"也不是，有床。"

"那你还不老实待在那儿？在纽约你什么都没有。我问你，你昨晚在哪儿睡觉的？"

"在一节旧车厢的过道里。"

"你在农场有张床，比旧车厢强多了，对吗？"

"对，那床软和得就像棉花。"

约翰尼曾经在棉花堆上睡过觉，所以，一说起软和的地方，他就联想到棉花。

"那你为什么不留下呢？"

"我觉得孤零零一个人待在那儿，没意思。"约翰尼说。

约翰尼说不清自己的感受，不过，纽约街头的流浪儿们想法都差不多。虽然他们经常吃不饱，睡觉的地方也只是一节旧车厢或一个木桶，还得看自己是否运气好，这些地方没有被别人霸占，可是，他们要的就是这种无拘无束的生活方式，要是换一种生活，就会不习惯。约翰尼已经过惯了纽约街头嘈杂喧闹、变化多端的日子，在安安静静的乡下，他想念城里热热闹闹的生活。

约翰尼和城市生活还有另外一点联系，他有个爸爸，而且爸爸还活着，可是，也许他没有这种爸爸还好一点。这位诺兰先生是个十足的酒鬼，挣的钱大多用来喝酒了。长期酗酒使他变成了一个丑鬼，脾气也十分火爆，没有一点温情，这有时会让约翰尼处于危险之中。几个月前，他用一个熨斗拼命朝儿子头上砸去，要不是约翰尼闪得快，就没法在我们的故事中出现了。约翰尼逃出家门，再也不敢回家。有人给了他一把刷子和一个擦鞋箱，他就开始自食其力了。不过，正如我们前面看到的那样，他没什么成功的指望，这个可怜的孩子经历了太多苦难，一次次挨冻受饿。迪克也一次次帮过他，比如像今天这样，请他吃顿早饭或晚饭。

"你是怎么逃走的？"迪克好奇地问，"走回来的？"

"不，我是搭车回来的。"

"你是怎么弄到钱的？该不会是偷的吧？"

"我一分钱都没有。"

"你是怎么做到的呢？"

"我早晨三点钟就起来了，然后走到了奥尔巴尼。"

"那是什么地方？"迪克问，他对地理知识是一片茫然。

"在河上游。"

"离这儿有多远？"

"大概一千英里吧。"约翰尼说，他对距离也是一知半解。

"继续讲，然后呢？"

"我藏在一辆货车顶上，一路上没人瞧见我。（这是事实。）

穿棕色衣服的人就是带我去农场的人，我害怕他会把我送回去。"

"是啊，"迪克想了想说，"我也不清楚我是不是喜欢乡下生活，那样的话，我就不能去托尼·帕斯特马戏团或是老鲍厄里戏院了，晚上就没地儿消磨时间了。但是，我要告诉你，约翰尼，这儿的冬天可是不好过，特别是在你还不知道到哪儿去弄大衣的时候，就最好回农场去。"

"是这个道理，迪克，可我现在得走了，要不然泰勒先生就会找别人擦鞋了。"

于是，约翰尼转身朝拿骚大街走去，而迪克继续朝百老汇走。

"这家伙，"和约翰尼分手后，迪克自言自语道，"没什么志向。我敢打赌他今天擦不了五双皮鞋。幸好我不像他，要不然我就没法去戏院，也没法买香烟，更吃不到那些我想吃的美食了。先生，您要擦皮鞋吗？"

迪克做生意很善于眼观六路，耳听八方。这次，他问的是一位穿着入时的年轻人，此人正洋洋自得地玩着一根手杖。

"我今早已经擦过鞋了，不过，现在鞋上又沾上了讨厌的泥巴。"

"给我一分钟，我保证给您弄妥当。"

"那好，快点。"

鞋子很快擦好了，看起来无可挑剔，迪克手艺不错，他在擦鞋匠里面算得上是一把好手。

"我没零钱，"年轻人摸摸钱包说，"不过，你可以到什么地方去把这张钞票换成零钱，我会多给你五美分作为报酬。"

他递给迪克一张两美元的钞票，迪克拿着钱走进了附近的一家商店。

"先生，您能帮我换点零钱吗？"迪克走到柜台前问。

这位店员接过钞票，瞥了一眼，便愤怒地大喊："快滚开，小流氓，否则我要叫警察来抓你了。"

"出什么事了？"

"你竟敢用假钞来糊弄我？"

"我不知道啊。"迪克说。

"住嘴，快滚，要不就等着被抓吧。"

3

迪克的提议

刚开始，迪克得知自己递过去的是张假钞，心里很吃惊，但他仍勇敢地站在原地没动。

"你这个小流氓，快从店里滚出去！"店员又高声叫喊。

"你把钱还给我。"

"你好又拿去骗别人吗？没门儿，我不会退给你这家伙的。"

"它不是我自己的，"迪克说，"是一位擦皮鞋的绅士给我，让我来换零钱的。"

"你倒挺会编故事的。"店员说，不过，他看上去有几分紧张了。

"我出去叫他进来。"迪克说。

接着，他便跑出商店，在埃斯特饭店的台阶上找到了那位先生。

"喂，小伙子，你把零钱换回来了吗？你可费了不少时间，我都开始以为你拿着钱逃跑了。"

"我可不会这么干。"迪克自豪地回答。

"那，我的零钱呢？"

"没换到。"

"我的钞票呢？"

"也不在我手上。"

"你这个小无赖！"

"慢着，先生，"迪克说，"我告诉您是怎么回事，那个拿走了钞票的人说它是假的，然后就不还我了。"

"我的钞票一点问题都没有。他不还你了吗？好，我和你一起去商店，看看他是不是也不还给我。"

迪克领着年轻绅士走进了商店。一看到迪克领着一位绅士进来，那个店员脸有点红了，神色也有些慌张。他以为吓唬吓唬衣衫破烂的小擦鞋匠就行了，可是，要对付一位绅士，事情就不简单了。他装作没有瞧见进来的两人，开始整理起货架上的货物来。

"现在，"年轻人说，"把拿了我钱的店员指给我看看。"

"就是他。"迪克说着，用手指着那个店员。

年轻绅士走到柜台前。

"打扰一下，"他有些傲慢地说，"这个男孩拿了一张钞票给你，是你把它据为己有了吗？"

"那是张假钞。"店员涨红了脸说，他有些慌乱。

"胡说，我请你把它拿出来，一切就会真相大白了。"

店员翻了翻背心口袋，掏出一张假钞。

"这是张假币，可是，这不是我给男孩的那张钱。"

"这就是他给我的。"

年轻人脸上露出了怀疑的神情。

"小孩，"他对迪克说，"这是我让你去兑换的那张钞票吗？"

"不，不是这张。"

"你在撒谎，你这个小无赖！"店员高声嚷道。他发现自己陷入了进退两难的境地，不知如何解决才好。

商店里的人都目睹了这一幕，店主从商店那头走过来，他刚才一直在那边忙碌。

"哈奇先生，这是怎么回事？"

"这个孩子，"店员辩解道，"拿着一张假钞到店里来兑换，我就把钱没收了，让他滚了出去。现在他又想把钱拿回去，好继续去骗别人。"

"把钞票给我瞧瞧。"

店主看了看钞票，说："毫无疑问，这是张假钞。"

"可是，这张钞票不是孩子给他的那张。"迪克的顾主说道，"两张钞票面值一样，可是出自不同的银行。"

"您还记得是哪家银行印的吗？"

"是波士顿商业银行。"

"您能肯定吗？"

"那当然。"

"可能这孩子藏起了您的钞票，又拿了另外一张来骗您。"

"要是你愿意，可以来搜搜我的身。"迪克愤怒地说。

"这孩子看上去倒不像会私吞钞票的人，我怀疑是你的店员把真钞票藏起来了，另外拿一张假钞来骗人，他很善于耍这种赚钱的把戏。"

"我今天还从没见过波士顿商业银行的钞票呢。"店员心虚地狡辩。

"你最好先摸摸你的口袋。"

"我必须调查此事，"店主坚决地说，"要是你把钱藏起来了，就拿出来。"

"我没拿。"店员说。可是，他看上去不太清白。

"我要求搜他的身。"迪克的主顾说。

"我说过，我没拿钱。"

"哈奇先生，你是要我请警察来搜呢，还是不声张此事，让我们来搜？"店主问。

店员听出了店主话中的威胁，只好把手伸进背心口袋，掏出一张波士顿商业银行的两美元钞票。

"这是您的钞票吗？"店主把钱拿给年轻绅士看。

"是这张。"

"一定是我弄错了。"

"我不会再给你机会，容忍你在店里继续犯错了，"店主严厉地说，"你到柜台去领应得的工资吧，你不必在这里工作了。"

迪克和主顾终于拿到了兑换的零钱，一起走出商店。年轻绅士说："好了，小伙子，耽误你了，我得额外给你些补偿，拿上这五十美分吧。"

"先生，谢谢您，"迪克说，"您太客气了，您还需要再换点零钱吗？"

"今天不用了，"绅士说，"这样换钱代价太高了。"

"我真走运，"我们的主人公心满意足地想，"我想今晚可以去巴纳姆大马戏团玩玩了，瞧瞧长胡子的女士，八英尺高的巨人，两英尺高的侏儒，还有别的稀奇古怪的玩意儿，真是数也数不清啊。"

迪克拎着擦鞋箱，走到埃斯特饭店前。他把箱子放在人行道上，开始打量四周。

他背后有两个人，一位是五十来岁的绅士，另一位则是一个十三四岁的少年。这两人正在说话，迪克毫不费力便能听清他们的对话。

"抱歉，弗兰克，我今天太忙，虽然这是你第一次来纽约，我却没法带你四处走走，陪你游览一番了。"

"没关系，叔叔。"

"这里有许多值得一看的地方，可惜，恐怕只能等到你下次来了。你可以自己出去随意走走，不过，别走得太远，否则会迷路的。"

这个叫弗兰克的少年有点失望了。

"我真希望汤姆·迈尔斯知道我在纽约，"弗兰克说，"他会陪着我到处逛逛。"

"他住在哪里呢？"

"我想是城里什么地方吧。"

"很不幸，我们找不到他。如果你不想待在这儿，愿意跟着我走，也行，不过，我大部分时间都会待在商行的会计室里面，你恐怕会觉得很无聊的。"

弗兰克犹豫了片刻，说："我想，我可以自己出去走走，不会走太远，如果我迷路了，我会找人问埃斯特饭店怎么走的。"

"对，人人都知道它在什么地方。好吧，弗兰克，很抱歉，我没有把你安排好。"

"没关系的，叔叔，我很乐意四处走走，看看商店橱窗，有很多东西值得一看。"

两人的对话都被迪克听在耳里。他是个有头脑的小伙子，一下就看到了眼前的商机，便下决心要自告奋勇赢得这个机会。

弗兰克的叔叔正要离开，迪克走到两人跟前，说："先生，我对纽约熟得很，要是您愿意，我可以带他四处逛逛。"

弗兰克的叔叔惊奇地看着面前衣着破旧的男孩。

"你是城里的孩子，是吗？"

"对，先生，"迪克回答，"我自打出生就住在纽约。"

"我猜，你认识城里所有的公共建筑了？"

"对，先生。"

"中央公园呢？"

"先生，我哪条路都认识。"

这位绅士沉思了片刻。

"弗兰克，我不知该说什么，"他对侄子说，"这个提议可真新鲜，这孩子完全不是我想给你找的那种向导，不过，他看上去倒是挺诚实的。他的样子很坦诚，我想我们可以信赖他。"

"我只希望他穿得不要那么破烂。"弗兰克说。如果被人看见自己有这么个同伴，他觉得会有点难堪。

"我猜你今天早晨没有洗过脸。"这位惠特尼先生说道。

"因为我住的旅馆没有洗脸盆。"迪克说。

"你住在哪家旅馆呢？"

"木箱旅馆。"

"木箱旅馆？"

"是的，先生，我睡在史普鲁斯大街上的一个木箱里。"

弗兰克好奇地打量起迪克来。

"你觉得那儿怎么样？"他问迪克。

"我在里面睡得很香。"

"要是下雨怎么办？"

"那我最好的衣服就会被淋湿了。"迪克说。

"就是你身上穿的这些衣服？"

"是的，先生。"

惠特尼先生对弗兰克说了几句话，弗兰克看起来很满意叔叔的提议。

"跟我来，小伙子。"惠特尼先生说。

迪克有点吃惊，可还是听话地跟着惠特尼先生和弗兰克走进酒店，穿过大堂，来到楼梯口。一位服务生拦住了迪克，可惠特尼先生解释说是自己要请迪克进来的，于是，服务生便放行了。

"快进来，小伙子。"惠特尼先生说。

迪克和弗兰克走了进去。

4 迪克的新衣

　　惠特尼先生对迪克说："我侄子是去上寄宿学校的。他箱子里有一套旧衣服，准备送给你。我想你穿上它们就体面多了。"

　　迪克大吃一惊，不知该说什么才好，礼物对他来说是陌生的东西，他从没收到过任何礼物。眼前的陌生人要送他这样一份大礼，真是喜从天降。

　　惠特尼先生拿出了箱子里的衣服，这是一套整洁的灰色西服。

　　"小伙子，穿衣服之前，你必须先洗洗。干净衣服和肮脏的皮肤可不相配。弗兰克，你指点指点他，我得马上走了。你身上带的钱够花吗？"

　　"够了，叔叔。"

"小伙子，我多说一句，"惠特尼先生对迪克说，"或许我太草率了，信任了一个完全不了解的孩子。不过，我喜欢你的长相，相信你会成为我侄子的好向导的。"

"当然会的，先生，"迪克真诚地说，"我用名誉担保！"

"非常好，祝你们愉快。"

迪克开始清洁自己。说实话，他早就该洗洗了，这让他感觉浑身轻松愉快。弗兰克又送了他一件衬衣、一双袜子和一双旧皮鞋。"不好意思，我没有帽子送你。"他说。

"我有一顶了。"迪克说。

"这顶帽子太旧了。"弗兰克说着看了看迪克的旧毡帽。这顶帽子以前是黑色的，可如今已经看不出原来的颜色了，帽子顶上还有个大窟窿，帽檐也掉了一块。

迪克说："我的帽子还算不错，我爷爷小时候戴过这顶帽子，所以我也一直戴着它，就算纪念爷爷吧。不过，我打算买顶新帽子了，在查塔姆大街就能买到便宜帽子。"

"那条街离这儿近吗？"

"只有五分钟路程。"

"那我们顺路去买顶帽子吧。"

迪克洗干净了脸和双手，穿上了新装，又梳理好头发，简直变成了另一个人，真令人难以置信。

现在，迪克的模样变得十分英俊，如果不留意那双粗糙发红的双手，人们很可能把他看作一位年轻绅士。

"瞧瞧你自己吧。"弗兰克说着，把他领到了镜子前面。

"天哪！"迪克吃惊地退了一步，问，"这是我吗？"

"你连自己都不认得了？"弗兰克笑着问他。

"我简直像一个灰姑娘，"迪克说，"像她变成了仙女一样，我在巴纳姆看过这出戏。要是约翰尼·诺兰见到我这副模样会说什么呢？他肯定都不敢和我这年轻帅气的绅士搭话，以为我是个有钱人吧？"一想到朋友脸上会出现的惊奇表情，迪克不由得大笑起来。他又想到弗兰克送了自己许多珍贵的礼物，便感激地看着弗兰克。

"你真是个大善人。"迪克说。

"一个什么？"

"大善人！你送了我这些礼物，真是个好人。"

"不用客气，迪克，"弗兰克友好地说，"我比你富裕，多一套少一套衣服对我不算什么。不过，你最好还是买顶新帽子吧。我们可以顺道去买。你可以把旧衣服捆在一起。"

"等等，我要把手绢拿出来。"迪克从旧裤子兜里掏出一块脏兮兮的布，这块布以前可能是白色的，不过现在说不清它是什么颜色了，显然这块布是从一张床单或衬衣上撕下来的。

"你别用它了。"弗兰克说。

"可我感冒了。"迪克说。

"我不是不让你带手绢，我会送你一条的。"

弗兰克打开行李箱，取出两条手绢，递给了迪克。

"我怀疑自个儿是不是在做梦了，"迪克说，他再一次审视着镜中的自己，"恐怕我真是在梦里头，一会儿就会在木箱里醒来，就像昨晚一样。"

"需要我掐你一下，好让你现在苏醒吗？"弗兰克开玩笑说。

"好吧，"迪克认真地回答，"你来掐掐我试试吧。"

说着，他挽起了衣袖，让弗兰克狠狠地掐了一下手臂，他疼得抽搐了一下。

"好了，好了，我醒了，"迪克忙说，"你的手劲真大，就像钳子一样。可是，我的鞋刷子和擦鞋箱放在哪儿好呢？"

"就放在这儿，一会儿你回来拿，"弗兰克说，"不会丢的。"

"等等，"迪克用老练的目光扫了一眼弗兰克的皮鞋，说，"你的鞋子还不够亮，我来给你擦擦，保证你的鞋子能当镜子用。"

他一点没有夸大其词，马上就把弗兰克的鞋子擦得锃亮。

"谢谢你，"弗兰克说，"你最好也擦擦你的鞋子吧。"

迪克可从没擦过自己的鞋子，因为擦鞋匠都把鞋油当作宝贝，舍不得擦在自己的鞋子上，不过，前提是这些穷孩子能幸运地有一双穿在脚上的皮鞋。

两个孩子一起下楼，遇见了几分钟前阻拦迪克的服务生，可是，他现在却认不出迪克了。

"他没认出我，"迪克说，"他以为我和你一样，也是个公子哥呢。"

"公子哥是什么意思？"

"哦，就是穿高贵衣服的家伙。"

"你现在也是这样的人啊，迪克。"

"你说得对，"迪克说，"谁能料到我也会摇身一变，成了一个公子哥呢。"

现在，他们来到了百老汇大街，沿着市政厅公园西侧慢慢走着。这时，迪克发现前面有个人，猜猜看，是谁？是约翰尼·诺兰。

迪克心里立刻冒出一个想法，想看看约翰尼见到自己外表的巨大变化时会是怎样吃惊。迪克悄悄溜到约翰尼身后，拍了拍他的背。

"约翰尼，你好啊，擦了几双皮鞋了？"

约翰尼听出了迪克的声音，便转过身，以为会看到迪克，然而，眼前却是一位衣着考究（帽子除外）的帅气小伙儿，让他十分惊诧。这人的模样活像迪克，可这身衣服却让他不敢相认。

"你运气怎么样啊，约翰尼？"迪克又问。

约翰尼疑惑地从头到脚打量着迪克。

"您是谁？"他问。

"这个问题真有趣，"迪克笑着说，"你连迪克都不认识了？"

"你从哪儿弄来的这身衣服？"约翰尼问他，"该不会是偷的吧？"

"你要再这么说，我就要揍你一顿了，当然不是偷来的。我把原来的衣服借给一位朋友去参加舞会了，又没有其他合身的衣服穿，所以只好穿上了这身衣服，这套要比我原来那套差点。"

说完这几句话，迪克不再解释，赶紧离开，只剩约翰尼·诺兰瞪大眼睛望着他的背影。约翰尼简直无法相信，刚才和他说话的这位衣着体面整洁的男孩真的就是一贯穿破衣服的迪克。

要去查塔姆大街就得穿过百老汇大街，这事说来容易，可做起来难。埃斯特饭店附近车水马龙，不熟悉情况的人要想穿过大街可不是件易事。不过，这对迪克来说当然不成问题。他在人潮车流中穿梭自如，很快就到了街对面。他回头一看，才发现弗兰克已经灰心丧气地退了回去。现在，这条宽阔的大街把他们隔在了两边。

"快过来！"迪克冲弗兰克喊。

"我找不到机会过去，"弗兰克说，他紧张地看着眼前繁忙的交通，"我怕被撞着。"

"你要是被撞了，可以去告他们，让他们赔偿。"迪克解释说。

最后，弗兰克终于安全地过来了，不过，还是冒了几次被撞的危险。至少，弗兰克是这么认为的。

"街上总是这么拥挤吗？"弗兰克问。

"还有比这更挤的时候呢。"迪克回答，"曾经有个年轻人想过街，等了六个小时，最后还是被一辆公共汽车给撞死了，只留下一个寡妇和好几个孤儿。那寡妇是个漂亮女人，后来只好去摆了个小摊，卖点花生苹果什么的。瞧，她就在那边。"

"在哪儿呢？"

迪克指了指旁边一个身材粗壮、长相丑陋的老妇人，老妇人戴着一顶巨大的女帽，在经营一个苹果摊。

弗兰克大笑起来。

"如果你的话属实，"他说，"我可以去照顾一下她的生意。"

"这事还是交给我办吧。"迪克说着眨了眨眼。

他郑重地走到苹果摊前，说："老太太，您纳税了吗？"

老妇人吃惊地睁大了双眼。

"我是政府官员，"迪克说，"市长派我来收您的税。我要拿走一些苹果来抵税，这个大红苹果就算是您上缴给政府的税款了。"

"我不懂什么税不税的。"老妇人迷惑不解地说。

"好吧，"迪克说，"我这次就放了您，选两个最好的苹果给我们，我这位朋友是市政委员会主席，他会付钱的。"

弗兰克微笑着付了六美分的苹果钱，和迪克继续朝前走，迪克还不忘说："老太太，要是您的苹果不好吃，就要退给您，找您还钱。"这点恐怕很难实现了，因为苹果已经被他啃去一半了。

他们想去东边的查塔姆大街，所以要穿过市政厅公园。公园占地大约十英亩，多年前就遍种绿草，现在成了供行人穿行的大道，园内还有几处重要的公共建筑，迪克一一指给弗兰克看：市政厅、档案馆、圆形大厅。市政厅是一幢巨大的白色建筑，上面还有个圆顶。

"市长办公室就在里边，"迪克说，"市长是我的好朋友。有一次，他有一个重要会面，还是请我给他擦的皮鞋呢，这就是我给纽约市纳税的方法。"

查塔姆大街
和百老汇

　　不一会儿，他们来到了查塔姆大街。街两边都是卖成衣的服装店，许多商店还把衣服摆在人行道上，店主就守在门边，密切注视着过往行人，只要有人瞟了一眼店里的衣服，他们就会热情地邀请行人进店看看。

　　"年轻的绅士们，请进吧。"一个站在店门口的矮胖男人说。

　　"谢谢，不用了。"迪克回答，就像苍蝇拒绝守在网中的蜘蛛一样。

　　"我们在赔本贱卖。"

　　"那当然，要不你们怎么赚钱呢。"迪克讽刺地说，"没有哪个老板会说自己从买卖里赚了大钱。"

　　查塔姆大街的店主看着我们主人公的背影，好像没听明白迪克的话，可是迪克没有等他回答，便和他的同伴走开了。

有的商店正在进行拍卖。

"先生们，做工精细的鹿皮裤子，面料上乘，只卖两美元，我在亏血本啊！有没有出八美元的？多谢您，先生，什么，您只给十七先令！论布料钱也不止这个价啊！"

叫卖的人站在一个小台子上，对着下面的三个人滔滔不绝地喊着，手里还拿着一条裤子，这裤子活像是鲍厄里街上卖的便宜货。

弗兰克和迪克在商店门口停下脚步，最后看到一个不懂行的人用三美元买下了这条裤子。

"这儿的衣服好像很便宜。"弗兰克说。

"对，但是巴克斯特街上还有更便宜的。"

"是吗？"

"当然，约翰尼·诺兰上星期用一美元就在那儿买了一整套衣服，包括外套、帽子、背心、裤子和鞋子。尺寸大小也不错，和你逼我脱掉的那身好衣服差不多。"

"我知道下次该到哪儿买衣服了，"弗兰克笑着说，"我完全不了解，城里的东西比乡下便宜这么多，我猜巴克斯特街的衣服很时髦吧？"

"当然，我和霍勒斯·格里利①经常上那儿买衣服。只要霍勒斯买一套新衣服，我就会请人照着样子做一套，可我不要白

———
① 美国《纽约论坛报》的创始人——译者注

34

色帽子，我认为那种帽子和我不搭调。"

不远处的人行道上站着一个男人，他在散发一些小传单，其中一张被塞到弗兰克手里，弗兰克一看，上面写着：

大甩卖！——各种精美商品大减价，一美元一件，超低价！先生们，快请进！

"这个大甩卖在哪儿进行啊？"弗兰克问。

"就在这儿，先生，"一个留着黑胡子的家伙突然出现在他们面前，说，"请进来。"

"迪克，我们进去吗？"

"这是家黑店，"迪克压低声音对弗兰克说，"我进去过，这人是个老骗子，他见过我，不过，我换了身衣服，他没认出我来。"

"进来看看货吧，"那人极力劝说他们，"只看不买也没关系。"

"里面的东西价值都超过了一美元吗？"

"没错，"另外那人回答，"有些还更值钱呢。"

"比如说哪个呢？"

"有个银罐子就值二十美元。"

"你要一美元卖掉它，真是个好人。"迪克故作天真地说。

"进来瞧瞧，你就会明白了。"

"我想还是算了吧，"迪克说，"我的用人太不老实了，把银罐子交给他们，我可不放心。弗兰克，走吧。先生，您把银罐子亏了十九美元卖出去，真是在做善事，祝您事业成功！"

他们朝前走去，弗兰克问："迪克，他是怎么耍花样的呢？"

"店里所有东西都有编号，你付了一美元后，他就拿一个骰子给你扔，你扔出几点就拿那个编号的东西，那些东西大多连六便士都不值。"

前边有家帽子店，迪克和弗兰克走进去，花七十五美分买了一顶帽子，弗兰克坚持付了钱。迪克终于有了一顶整洁的帽子，比原来的帽子更配得上新装扮。迪克认为旧帽子没什么用了，便扔在人行道上。等他回头再看时，发现另一个小擦鞋匠捡走了帽子。显然，迪克的旧帽子要比他自己的帽子好。

现在他们往回走，从查塔姆大街朝百老汇走去。在查塔姆大街和百老汇大街的拐角处有一家大商店，是用白色大理石修建的，一下吸引了弗兰克的注意力。

"这幢建筑是干什么的？"他饶有兴趣地问。

"这是我朋友 A.T. 斯图尔特 ① 开的商店，"迪克答道，"是百老汇街上最大的商店，要是我不擦鞋，想改行做生意，我就会从他手里买下这家店，或者另外建一家比它还棒的商店。"

①19 世纪中期的美国巨富——译者注。

"你进去过吗？"弗兰克问。

"没呢，"迪克说，"可是，我和斯图尔特的一个合伙人关系不错，他是个管收钱的男孩，每天不干别的，就和钱打交道。"

"这个职业真不错。"弗兰克笑着说。

"是啊，我也想干这活儿。"迪克说。

两人穿过大街，来到百老汇大街西侧，慢慢朝前走着。弗兰克觉得一切都很新奇，与他习惯的宁静的乡村生活相比，这里熙熙攘攘的人流和车水马龙的交通更新鲜有趣。还有，商店橱窗里各式各样的陈列品也引起他的兴趣，让他着迷，他不停地让迪克看那些琳琅满目的橱窗。

"真不知道这些店主怎么能找到那么多人来买走这些商品，"他说，"我们村子里只有两家商店，而百老汇大街上到处都是商店。"

"对啊，"迪克说，"别的大街上也有这么多商店，特别是第三大道、第六大道，还有第八大道。鲍厄里街也是买东西的好地方，家家商店都比别人卖得便宜，好像没人从中赚钱一样。"

"巴纳姆大马戏团在哪儿？"弗兰克问。

"嗯，就在那边，埃斯特饭店对面，"迪克说，"你瞧见那幢大房子了吗，插着好多旗帜的那幢？"

"看见了。"

"好，那就是巴纳姆，里面住着'欢乐家庭'，有狮子、熊和别的稀奇古怪的东西，是个顶呱呱的好地方，你还没去过吗？那儿和老鲍厄里戏院差不多，都很有意思，只是演出没有老鲍厄里精彩。"

"如果有时间，我会去的，"弗兰克说，"我家乡有个男孩一个月前来过纽约，还去了巴纳姆大马戏团，回去后就念念不忘地说个不停，所以我想这个地方肯定值得一看。"

"最近老鲍厄里在演一出好戏，"迪克继续说，"叫作《多瑙河的魔王》，魔王爱上了一个年轻姑娘，拽着她的头发，把她拖到了悬崖顶上，他的城堡就建在那儿。"

"这种求爱方式真是奇特。"弗兰克笑着说。

"不过，姑娘不喜欢魔王，而是喜欢另外一个小伙子。小伙子听说心上人被魔王抓走了，一下子怒气冲天，发誓不夺回姑娘就不活了。最后，他从地下通道闯进城堡，和魔王大战一场。他们两个在舞台上打得你死我活的，刺激得很。"

"谁打赢了呢？"

"刚开始是魔王占上风，可后来那个勇士把他打倒在地，用一把匕首刺进他胸口，说：'去死吧，你这个虚伪残暴的恶魔！让野狗把你的尸体啃个精光！'然后，魔王就惨叫一声，断气了。勇士提起魔王的尸体，把他扔下了悬崖。"

"我认为演魔王的演员应该多得点报酬，因为他被人摔来摔去的。"

"是这个理儿，"迪克说，"可是，我想他已经习惯了吧，演戏就是这个规矩。"

"哎，那幢建筑是什么？"弗兰克指着一栋房子问。这栋房子离大街有些距离，房前有个大院子，在百老汇大街上显得与众不同，因为附近的建筑都紧临街道。

"是纽约医院，"迪克说，"那可是一个有钱的地方，治病的东西他们应有尽有。"

"你进去过吗？"

"当然，"迪克说，"我有个朋友叫约翰尼·马伦，是个送报纸的。一天，他横穿百老汇街的时候被车撞了，就在公园广场那儿，然后被送进了这家医院。我和他的几个朋友帮他出的伙食费，一星期只收三美元，医院还管给他治病，这价钱真是太便宜了。他住院的时候，我经常去看他，医院里每个地方看上去都那么舒服顺眼，我都想去骗骗哪个司机来撞我，好让我也进医院躺几天。"

"医生没有把你朋友的腿锯掉吗？"弗兰克很关心病人的伤势。

"没有，"迪克说，"虽说医院有个学生模样的大夫急着想锯他的腿，可最后没有通过，约翰尼现在满世界乱跑，两条腿和以前一样结实。"

他们说着话，就来到了富兰克林大街拐角处的 365 号。

"这里是泰勒酒吧，"迪克介绍说，"要是我有了钱，会经常上这儿来吃饭。"

"我也常听人说起这个地方，"弗兰克说，"据说里面陈设非常精美，要不我们进去点一份冰激凌，可以借机好好参观一下。"

"多谢你，"迪克说，"我想这也是让我见识一下这地方的最好办法了。"

两人走进去，发现里面是一个宽敞精致的酒吧，装饰得金碧辉煌的，四周镶满了价值不菲的镜子。他们在一张大理石面的小桌旁坐下，弗兰克点了餐。

"这里让我联想起阿拉丁的神奇宫殿。"弗兰克打量着四周，评价道。

"是吗？"迪克问，"阿拉丁一定是个有钱人了。"

"他有盏神灯，只要擦一擦灯，就会出现一个灯奴，帮他实现所有愿望。"

"这盏灯肯定很贵吧？我愿意把伊利铁路的所有股份都拿来换这样一盏神灯。"

邻桌坐着一位身材瘦削的高个子，他显然听到了迪克的话，便扭头对我们的主人公说："年轻人，恕我冒昧，您在伊利铁路上投资多吗？"

"除了伊利铁路的股份，我没有别的财产了。"迪克说着朝弗兰克调皮地眨了一下眼睛。

"真的吗？我想这项投资是由您的监护人执行的吧？"

"没有，我都是自己管理财产的。"迪克回答。

"我想您没有得到多少分红吧？"

"是啊，"迪克说，"你算是说对了，我没得什么分红。"

"正如我所说，这是一只烂股票。年轻的朋友，我现在可以给您推荐一个更好的投资项目，它会给您带来一笔巨大的年收入。我是埃克塞尔西奥铜矿公司的经理人，这家公司是全世界铜矿产量最大的公司之一，能确保您的投资获得 50% 的收益，您只要卖出您所持有的伊利铁路股份，转而投资我们公司，我保证您三年就能得到一大笔财富。您刚才说有多少伊利铁路的股份呢？"

"我记得我没有说过，"迪克说，"您的建议太好了，很有意思，我要是有时间会考虑您的建议的。"

"我希望您能考虑，"陌生人说，"请允许我送您一张我的名片。我叫塞缪尔·斯奈普，办公室在华尔街。如果能接到您的电话，我将非常高兴，并将向您展示我们公司铜矿的分布图。如果您能向朋友介绍我们公司，我将不胜感激。我深信，能让您的朋友们参与我们公司的投资，是您对他们最大的帮助。"

"好的。"迪克说。

陌生人说完便起身去柜台付账。

"弗兰克，你瞧见了吗？"迪克说，"穿身好衣服，当个有钱人是什么感觉？我想象不到要是明天这家伙看到我在街头擦皮鞋，他会是一副什么表情。"

"不过，也许你挣钱的方式比他更光明正大，"弗兰克说，"有些矿业公司就是空壳公司，只会靠骗人挣钱。"

"让他来吧，他从我这儿没什么可骗的。"迪克说。

从百老汇到
麦迪逊广场

　　两个男孩继续沿着百老汇大街走。迪克向弗兰克逐一介绍大酒店和娱乐场所。弗兰克对圣·尼古拉斯酒店和大都会酒店宏伟的外观印象深刻，圣·尼古拉斯酒店是用白色大理石修建而成的，相比之下，虽然大都会酒店的外观是低调的棕色，但内部装修毫不逊色。所以，当弗兰克得知每家酒店的建筑和装饰费用都近一百万美元时，并不感到十分惊讶。

　　到第八大道时，迪克转向右边，把克林顿会堂指给弗兰克看，这里已经改成了商业图书馆，里面有五万多册藏书。

　　没走多远，他们来到一处大型建筑跟前，这幢建筑位于第三和第四大道的交界处。

　　"这是什么地方啊？"弗兰克问。

“这是库伯学院，”迪克介绍说，“是库伯先生修的，他也是我的老朋友，我和彼得·库伯①曾一起上过学。”

“这里面是什么呢？”弗兰克又问。

“下面一层是一个公众会议和演讲大厅，上面一层是一间阅览室和一个画廊。”迪克说。

弗兰克看到库伯学院的对面有一幢巨大的砖房，占地约有一英亩。

“那是一家酒店吗？”他问迪克。

“不是，那是《圣经》楼，是印刷《圣经》的地方。我进去过，看到了一大堆《圣经》。”迪克回答。

“你读过《圣经》吗？”弗兰克问。他对迪克的教育程度已经有了一些了解，他曾忽略了此事。

“没有，”迪克回答，“我听说这是本好书，可从没读过。我没读过多少书，读书让我头疼。”

“我猜你的阅读速度也不快。”

“我读一些简单的书还行，要是读大部头的书，那就难倒我了。”

“如果我住在城里，你还可以每天晚上过来让我教你读书。”

“你愿意费心教我吗？”迪克期盼地问。

“那当然。我希望看到你有进步，如果你不会读书写字，就

---

① 美国著名发明家、企业家，库伯学院的创立者。

没有多少成功的机会。"

"你真是个好心人，"迪克感激地说，"我真希望你能在纽约住下来，我也想学点东西。你现在住哪儿呢？"

"离这儿大约五十英里远，在哈德逊河左岸旁的一个小镇。我希望你什么时候能去那儿看看我，我想留你在我家住上两三天。"

"你是当真的？"

"什么意思？"

"你真的这样想？"迪克仍然有点不敢相信。

"是真的，为什么不呢？"

"要是你家里人知道你邀请一个擦鞋匠去你家，他们会怎么说呢？"

"迪克，你是个擦鞋匠，这没什么丢人的。"

"我不习惯上流社会的生活，"迪克说，"我不懂他们的规矩。"

"我可以示范给你看啊，你不可能一辈子都当擦鞋匠的，迪克。"

"当然不会，"迪克回答，"等到了九十岁，我就不干了。"

"我希望你不用等那么长时间。"弗兰克笑着说。

"我真想自己能干点别的什么，"迪克难过地说，"我想到办公室工作，想学做生意，想成为受人尊敬的人。"

"迪克，你为什么不试试，看看能不能得到一个职位呢？"

"谁会要穿破衣服的迪克啊？"

"可是，迪克，今天你的衣着并不破烂。"

"没错，"迪克说，"我现在要比穿华盛顿的外衣和拿破仑的裤子时强多了，可是，要是我去办公室工作，他们一周不会给我超过三美元的报酬，我也不会因此受人尊敬的。"

"是啊，是这样，"弗兰克思索片刻后，说，"可是，到第一年结束的时候，你一定能挣得更多。"

"你说得对，"迪克说，"可到那时候我就只剩下皮包骨头了。"

弗兰克笑了，说："这让我想起了一个爱尔兰人的故事，他没什么钱，就想训练他的马改吃刨花，于是，他给马儿戴上了一副绿色的眼镜，好让刨花看起来像青草。可不幸的是，等到马儿学会吃刨花的时候，他却生病死掉了。"

"那匹马学会吃刨花的时候，一定变成了另一副模样。"迪克说道。

"我们现在到哪儿了？"弗兰克问道。他们已经从第四大道走到了联合广场。

"这里是联合公园。"迪克指着一处漂亮的园子说，园子中央有一个带喷泉的小池塘。

"那是华盛顿将军的雕像吗？"弗兰克指着一个人骑在马上的铜雕问，雕像下面有一个花岗石底座。

"没错，"迪克答道，"他自从当了总统，个子就变高了些。

我敢说，要是他在独立战争的时候就有这么高，他早就把英国佬赶跑了。"

弗兰克仰望着这尊十四点五英尺高的雕像，不得不承认迪克说得对。

"如果华盛顿真的这么高，"他问，"那件外衣你穿着还会合身吗？"

"那件衣服就会太大了，"迪克说，"我脱了鞋的身高不到十英尺。"

"对，我也这样认为，"弗兰克笑着说，"迪克，你真是个古灵精怪的家伙。"

"是啊，我长大的过程就是古里古怪的。有的孩子是嘴里含着银汤匙长大的，维多利亚女王的孩子是含着金汤匙长大的，汤匙上还镶着钻石。可我出生时，既没有金汤匙，也没有银汤匙，只有锡汤匙。"

"也许金银可以慢慢积累起来的，你听说过迪克·惠灵顿吗？"

"从没听过这人，他也是个穿破衣服的迪克吗？"

"我不知道他是不是衣着破旧，不管怎么说，他从小就是个穷孩子，可是他没有停止过奋斗，他去世之前已经成为伦敦市的市长了。"

"是吗？"迪克很有兴致地问，"他是怎么当上市长的？"

"是这样，一位富裕的商人同情他，就收留了他，把他带回自己家和用人们一起住，干点轻活。一天，商人发现迪克拾起了一些废弃的针线，就问他用来做什么。迪克告诉商人，等到他攒够了旧针线，就会拿去卖掉。商人十分欣赏他的节俭和经济头脑。不久，商人有一艘商船到国外去，他便告诉迪克，让迪克拿一样自己的东西放到船上，以迪克的名义去贩卖。那时，除了一只不久前别人送的小猫崽以外，迪克一无所有。"

"卖了猫崽，他要交多少税呢？"迪克问。

"要交的税大概不多吧。虽然只有一只小猫，迪克还是决定把它送到商船上去。商船在海上航行了好几个月，小猫渐渐长成了一只大猫。这时，商船在一个无名岛国靠岸了，恰好碰到岛国上鼠患横行，不仅威胁到民众的生活，连皇宫都没有幸免。长话短说，船长看到这情形，就把迪克的猫带到岸上，让这只大猫赶走了老鼠。国王见到鼠患消除，高兴极了，决心不惜任何代价也要得到这只猫。于是，国王用许多金子买下了猫。船长高兴地做成了这笔生意，并把钱分文不少地带回去，交给了迪克，使迪克有了做生意的大本钱。迪克长大后，生意越来越兴隆，成了受人尊敬的巨富，去世之前还被选为了伦敦市的市长。"

"这故事真好听，"迪克说，"不过，我想哪怕把全纽约的猫都给我，我也当不了市长。"

"是不太可能，不过，你可以试试其他办法。许多杰出人物都是穷孩子出身，你还是有希望的，迪克，只要你努力。"

"以前没有人和我说过这些话，"迪克说，"他们只会叫我穿破衣服的迪克，说我长大会变成个流氓（受过教育的孩子不必对迪克的话感到吃惊），还说我最终会被绞死的。"

"迪克，这样的说法不会成为现实的。如果你努力上进，就能成为受人尊敬的社会成员，你一定会的。你不一定会成为富人，不是每个人都能致富的。但是，你要明白，你能获得更高的社会地位，并受人尊重。"

"我会努力的，"迪克真诚地说，"要不是我把钱都花在了看戏、请人吃牡蛎，或是赌牌上面，我本来不会成了穿破衣服的迪克。"

"你以前就是这样乱花钱的？"

"经常是。有一次，我存了五美元，打算买套新衣服，因为当时我最好的衣服都穿成破烂了。可是碰到瘸子吉姆让我和他赌一把。"

"他是个瘸子？"弗兰克疑惑地问。

"对，他是个瘸子，所以我们都叫他瘸子吉姆。"

"我猜你赌输了吧？"

"是啊，我把钱输得一分不剩，连住小旅店的钱都没有，只好睡在街头。那天晚上冷得要命，我差点被冻死了。"

"难道吉姆没有还你一点儿他赢的钱，好让你有个地方住吗？"

"没有，我只求他给我五美分，他都不肯。"

"五美分你就能找到住宿的地方了？"弗兰克惊奇地问。

"对，"迪克说，"当然不是住在第五大道酒店里。瞧，第五大道酒店到了。"

谁丢的钱包

这时，他们来到了百老汇和第五大道的交界处，眼前是一个十英亩大的漂亮公园。他们左手边是一幢宏伟的大理石建筑，外观为白色，造型优美，迪克指的就是这幢楼。

"这就是第五大道酒店吗？"弗兰克问，"我常听人说起过。威廉叔叔来纽约的时候就常住在这里面。"

"我曾经在这外面睡过，"迪克开玩笑说，"他们收费挺合理的，还告诉我可以再去。"

"也许有一天你能在里面睡觉。"弗兰克说。

"我猜，那得等到维多利亚女王住贫民区的时候吧。"

"这家酒店真像一座王宫，"弗兰克说，"如果女王住在这样美丽的地方，也不会有损王室尊严的。"

弗兰克并不知道，女王的宫殿中有的还远不及第五大道酒店辉煌壮观呢。圣·詹姆士宫就是一座外观极为丑陋的砖石建筑，它更像是一家工厂而非王宫。全世界没有几处酒店的外观能和第五大道酒店相比的。

这时，一位绅士从两个孩子身边经过，回头看了迪克一眼，仿佛认识迪克似的。

"我认识这位先生，"等绅士走过去后，迪克说，"他是我的一位主顾。"

"他叫什么名字？"

"不知道。"

"他刚才回头看，好像认识你。"

"如果我不是穿着这身新衣服，他一眼就认出我了，"迪克说，"我现在的模样和穿破衣服的迪克完全不同。"

"但你的脸看上去应该很面熟啊。"

"没错，我的脸除了洗掉的灰尘，还和以前一样，"迪克笑着说，"我平时可没机会在埃斯特饭店洗脸洗手啊。"

"你刚才说，"弗兰克说，"有个住宿的地方只用花五美分，是什么地方呢？"

"是富尔顿街的报童寄宿处，"迪克回答，"就在《太阳报》办公室那边，地方不错，要是没有这地方，真不知我们这些孩子该上哪儿去。他们还卖六美分一份的晚饭，再添五美分就可以住一晚。"

"我猜有的孩子连五美分都付不起，对吗？"

"他们很相信我们，"迪克说，"可我不喜欢因为五美分或十美分的小事情去求别人相信我，那太丢脸。有天晚上，我从查塔姆大街过来，兜里揣着五十美分，打算去好好吃一顿牡蛎，然后再去寄宿处。可不知怎么的，钱从我裤兜里的一个破洞里掉出去了，一分钱都没剩下。要是夏天，我还不在乎，可冬天在外面过夜就太难熬了。"

出身富裕家庭的弗兰克确实难以体会身边这个男孩当时的感受：那种冬天无家可归，也没钱找个能有张床睡一晚的地方的凄凉感受。

"你怎么办呢？"他同情地问。

"我就去了《泰晤士报》报社，我认识那儿的一个印刷工，他把我安顿在一个暖和的角落里，我很快就睡着了。"

"你怎么没想过去租一间房子住，这样你就有家可归了？"

"不知道，"迪克说，"我从没想过，也许我可以在麦迪逊广场租一套带家具的房子呢。"

"弗洛拉·麦可福里姆斯就住在那儿。"

"我不认识这人。"迪克说。他从没读过以这位女士为主角的流行诗歌。

说话间，他们已经转入第二十五街，走到了第三大道。

就在要走进第三大道之前，前面一个人的古怪举动引起了他们的注意。这人突然停下脚步，好像从人行道上捡起一个东西，随后又疑惑地往四处看了看。

"我知道他在耍什么把戏，"迪克悄声说，"来，我让你瞧瞧是怎么回事。"

他领着弗兰克紧走几步，赶上那人，那人停下脚步。

"你刚才捡到什么东西了？"迪克问。

"是的，"那人说，"我捡到这个了。"说着，他举起了一个钱包，钱包鼓鼓囊囊的，里面好像装满了钞票。

"哇，"迪克大叫起来，"你运气太好了！"

"我猜这是别人丢的，"那人说，"他肯定会悬赏一大笔钱来找钱包的。"

"你准能得到这笔钱。"

"真倒霉，我要搭下一趟火车去波士顿，我住在那儿，所以没时间找失主了。"

"我想你会把钱包随身带走吧。"迪克说，脸上摆出一副天真的表情。

"我倒想把它留给某个诚实的人，让他去归还失主。"那人瞥了两个男孩一眼，说道。

"我就很诚实。"迪克说。

"我丝毫不怀疑你，"那人说，"好吧，年轻人，我把这个好处让给你，你把钱包拿去……"

"好吧，拿给我吧。"

"等等，里面一定有一大笔钱，我敢肯定有一千多美元，失主大概会给你一百美元作为报酬。"

"你怎么不留下来领赏钱？"弗兰克问。

"我倒是想，只可惜我家里人生病了，我得尽快赶回家。这样，你只需给我二十美元，我就把钱包交给你，由你去领赏，不管是多少，这可是个大好处，你看怎么样？"

因为迪克衣着讲究，所以骗子以为他肯定能拿得出这么多钱。不过，这人也打算好了，必要时可以把钱的数目降低一点。

"二十美元可不少啊。"迪克显得很犹豫地说。

"你能赚回来，还能得到更多呢。"陌生人劝说道。

"我不清楚，不过，我想试试，你说呢，弗兰克？"

"我也不清楚，不过，如果有钱的话，倒是可以试试。"弗兰克说。他毫不惊讶地认为迪克会随身携带这样一笔钱。

"虽然我不清楚结果会是怎样，但我打算试试，"迪克思考片刻后说，"我想不会有太大损失的。"

"你什么损失也不会有，"陌生人飞快地说，"快点好吧，因为我还得去坐车呢，恐怕我要错过这趟车了。"

迪克从口袋里掏出一张钞票，递给陌生人，又从他手中取回钱包。就在这时，一个警察从街角转过来，陌生人顾不得多看一眼钞票，连忙把钱塞进衣服口袋，然后快步走开了。

"钱包里面是什么，迪克？"弗兰克兴奋地问，"希望里面的钱能够得上你给他的那些钱。"

迪克笑了。

"我是在冒险。"他说。

"可是，你给了他二十美元，那是一大笔钱。"

"要是我真给了他那么多，我就活该被他骗了。"

"可是，我看见你给了钱的，不是吗？"

"他也是这样想的。"

"那，你给的是什么东西？"

"只不过是模仿钞票样子的纺织品广告单罢了。"

弗兰克的表情有些严肃。

"迪克，你不应该骗他。"他责备地说。

"难道不是他想先骗我吗？"

"我不明白你在说什么。"

"你以为这钱包里装的是什么呢？"迪克举起钱包问。

弗兰克看了看鼓鼓的钱包，非常诚恳地答道："钞票，很多钞票。"

"里面的东西连一只牡蛎都买不了，"迪克说，"要是你不相信，我打开给你瞧瞧。"

说完，他打开了钱包，让弗兰克看——里面塞满了一张张白纸，这些纸被巧妙地裁成了钞票大小。没在城市生活过的弗兰克从没听说过这种"钓鱼游戏"，对于这意外的结果感到十分困惑。

"这种把戏我知道得一清二楚，"迪克说，"这回算是我赢了他。这个钱包还值点钱，我会用它来装我的伊利铁路股票，还有只对我一个人有用的文件。"

"就像现在里面装的那些文件一样。"弗兰克笑着说。

"我就是这个意思！"迪克回答。

"哎呀！"他突然叫了一声，"要是那个老家伙再跑回来就糟了，他那副样子肯定会像是听到家里死了人的消息一样。"

这时，玩丢钱包把戏的家伙真的跑回来了。

他一跑到两个男孩身边，就对迪克低声说："快把钱包还给我，你这个小坏蛋！"

"请原谅，先生，"迪克说，"您是在叫我吗？"

"当然是。"

"您叫错人了，我认识几个杂种，可是，我并不是其中的一员。"

迪克说话的时候，意味深长地看着对方，可对方的怒气依然不减。他只会欺骗别人，从没想到会被别人欺骗。

"把钱包还给我。"他再次威胁迪克。

"不行，"迪克冷静地说，"我要把它还给失主，里面有一大笔财物，要是丢了，失主会气病的，对于我这样诚实的人，他一定会好好奖励我的。"

"你给我的是假钱！"那人说。

"我用的就是这种钱。"迪克说。

"你把我耍了！"

"我可不这么认为。"

"别废话了，"那人恼怒地说，"要是你不还我钱包，我就叫警察了。"

"你叫吧，"迪克说，"他们最清楚是斯图尔特还是埃斯特饭店的人丢了钱包，我就可以把钱包还给失主了。"

"丢钱"的骗子的目的是拿回钱包，好故技重演去骗别人，迪克的话和所表现出的冷静态度惹恼了他，他决心另使一招。

"你想进古墓①过夜吗？"他问迪克。

"谢谢你的热情邀请，"迪克说，"可今天不行，下次吧，等你想让我过去陪你的时候再说，我没意见。可是，我的两个小孩得了麻疹，病倒了，我今晚得一直照顾他们。古墓，听上去是个住宿的好地方，对吧？"

迪克用非常认真的口气提出这个问题，弗兰克听了简直要忍不住笑出声来了。当然，毫无疑问，"丢钱"的骗子绝不会这么想。

"你会认识这个地方的。"他阴沉着脸说。

"我给你一个公平的建议，"迪克说，"要是我能得到五十美元或更多钱作为对我诚实的奖励，我就和你平分。可是，你现在不是急着回波士顿照顾生病的家人吗？"

那人见从迪克这里捞不到任何好处，便恶狠狠地咒骂着走开了。

---

① 指古墓监狱——译者注。

"迪克，你比他聪明多了。"弗兰克说。

"当然，"迪克说，"我在纽约街头混了一辈子，什么事情没见过？"

8

迪克的童年

过了片刻，弗兰克问："你一直住在纽约吗，迪克？"

"我自打记事起就住在这儿。"

"你能给我讲讲你的故事吗，你有爸爸或妈妈吗？"

"我没有妈妈，我三岁大的时候她就死了。我爸爸出海去了，他走的时候我妈还没死，从那以后就没有他的任何消息了。我想他可能遇上沉船了，要么就是死在船上了。"

"你妈妈去世后你是怎么过的？"

"是和她一块儿住的一家人照顾我，可他们也是穷人，也没多少办法。我七岁的时候，照顾我的女人死了，她丈夫去了西部，我就只好自己养活自己了。"

"从七岁开始？"弗兰克震惊地问。

"没错，"迪克说，"是太小，养活不了自己，可是，"他带着自豪的神情继续说，"我还是把自己养活了。"我们不难理解他的自豪感。

"你是怎么养活自己的呢？"

"我干这干那，"迪克说，"只要能干的活儿，我都干，换了好多个行当。有时去当报童送报纸，按照有人在公园演讲时的说法，我们是在公众间传播知识。那时候，霍勒斯·格里利和詹姆斯·戈登·内贝特① 挣了大钱。"

"他们是通过你的事业赚钱的？"弗兰克问。

"那当然，"迪克说，"可后来我没当报童了。"

"怎么回事？"

"他们在报纸上登的新闻不够多，报纸就不像我盼望的卖得飞快。一天早晨，我手里积了一大堆《纽约先驱报》，我想，我得制造出一条轰动的新闻，好卖掉报纸。于是我就大声叫卖：'爆炸新闻！维多利亚女王被刺杀了！'所有的报纸一下全卖光了，我也赶紧跑掉了。可是，有个买报纸的先生认得我，吓唬我说要把我抓起来，所以，我只好换了个行当干。"

"你这样做可不对，迪克。"弗兰克说。

"我知道，"迪克说，"可好多孩子都这么干过。"

"这种做法不会给你带来好处的。"

"你说得对，"迪克说，"那时我觉得有些丢脸，尤其是对不

---

① 美国《纽约先驱报》的创始人——译者注。

起一位可怜的老先生，他是英国人，那天听到我说的女王的死讯，他忍不住大哭起来，递钱给我买报纸的时候，他的双手都在颤抖。"

"接下来你又去干什么了呢？"

"我又去卖火柴了，"迪克说，"这是桩小生意，赚不了多少钱。我上门叫卖的大多数人家里都存了许多火柴，不愿意再买。一天晚上，天气很冷，我又没钱住宿，就擦亮了最后几盒火柴来取暖，虽然这样很费火柴，但我还是忍不住这样做。"

"迪克，你过了好多苦日子。"弗兰克同情地说。

"是啊，"迪克说，"我尝过挨冻受饿、无家可归的滋味，可是，有一件事我从没干过。"他骄傲地说。

"什么事？"

"偷东西，"迪克说，"那是坏事，我绝不会干。"

"你想过去偷吗？"

"想过好多次呢。有一次，我转悠了一整天，一盒火柴都没卖出去，兜里只有早晨剩下的三美分。我就用三美分买了一个苹果，以为过会儿能赚些钱。到晚上的时候，我饿得发慌，就走进一家面包店，只想去看看面包。看到店里的面包和蛋糕，我很高兴，我想兴许他们能给我点东西吃。我问店员愿不愿意用一块面包来换我的火柴。可是，他们说店里的火柴够用三个星期的，不会再买。我站在炉子前取暖，面包师傅走进后屋去了。我实在饿极了，真想拿一块面包就跑。店里堆了许多面包，他不会看出来少了一块。"

"可你没那样做？"

"是的，没有。我很高兴当时没有去偷，因为那人走回来告诉我，想找个人去给住在圣马可街的一位女士送蛋糕，他的店员病了，也找不到别人，要是我愿意去，就给我十美分。我当时正好没生意，就去了。我回来的时候，没要他付钱，而是要了面包和蛋糕作为报酬。这样，吃起来的时候，它们的味道真是美极了，不是吗？"

"你没卖多长时间火柴吧，迪克？"

"没错，卖火柴的钱总是不够生活。有些人还想让我把火柴便宜点卖给他们，我就更赚不到钱了。有个住在大砖房里的老太太，她很有钱，可买火柴时老是砍价，让我一点钱都赚不到，要不然她就不买。那天我一盒火柴都没卖掉，只好卖给她了。我真搞不懂有钱人为什么对穷孩子那么刻薄，我们可是靠这维持生活啊。"

"世上吝啬刻薄的人太多了，迪克。"

"要是人人都像你和你叔叔，"迪克说，"穷人就有点指望了。要是我成了富人，我就会帮穷人一把。"

"你说不定什么时候真能成为富人，迪克。"

迪克摇摇头。

"恐怕我的钱包一直都会是这个样子，"迪克指着从骗子那儿得来的空钱包说，"里面只会装满了纸片，它们只对我有用，对别人没有一点用处。"

"还是要靠你自己，迪克，"弗兰克说，"你要知道，斯图尔特也不是从小就是有钱人。"

"真的吗？"

"他初到纽约的时候，只是个年轻教师，教师一般都不富裕。最后，他开始做生意，规模不大，后来，他的生意越做越大。不过，他始终坚持一点：不管做什么生意，都要严守信誉，绝不为赚钱而去欺骗他人。如果他能成功，迪克，你也能成功。"

"他刚开始还是老师，而我却大字不识。"迪克说。

"你别这么说。"

"我还能怎么办？"

"你能上学校读书吗？"

"我没法上学，因为我要挣钱养活自己。学习读书写字对我也没多少好处，而且，等到我学会了，我也差不多快饿死了。"

"纽约没有夜校吗？"

"有。"

"那你怎么不去呢？我想你晚上是不用干活的。"

"我从没想过上夜校，"迪克说，"真的，可自从你和我说过以后，我会好好想想的。我想我要去念书的。"

"我真希望你能去学习，迪克，如果你有点文化，一定会成为一个聪明人的。"

"你真这么想？"迪克怀疑地问。

"我是这样认为的。一个从七岁起就自食其力的男孩一定有过人之处，我对你很感兴趣，迪克。你生活中经历了那么多艰难时刻，可是，我认为你的好日子就要来了。我想你好好干，我相信你，只要你肯努力，一定能取得成功。"

"你真是个好人。"迪克感激地说，"我是个粗人，不过，我不像有的人那么坏。我相信自己能重新开始生活，努力成为受人尊敬的人。"

"有许多人开始时起点和你一样低，迪克，他们最后都成了有名誉和地位的人，不过，在此之前，他们苦苦奋斗了很久。"

"我也愿意奋斗。"迪克说。

"你不仅要奋斗，还得朝正确的方向奋斗。"

"什么才是正确的方向呢？"

"当你决定不管面临多大诱惑，永不偷盗，也不干任何有损名誉的坏事时，那就是选择了正确方向。等人们了解你后，他们就会信任你。不过，要想成功，你必须要接受良好的教育才行。如果不读书，你就不能在办公室或会计事务所找到工作，连当个跑腿的听差都不行。"

"是这样的，"迪克严肃地说，"在这之前，我从没想过自己多没文化。"

"只要坚持，你能学好的，"弗兰克说，"对你来说，一年时间足以学好多东西。"

"我要去试试，看看我能做些什么。"迪克踌躇满志地说。

9

马车上的一幕

两个男孩走在第三大道上，这是一条长长的街道，起点在库伯学院，一直延伸到哈莱姆区。一旁的小街走出来一个人，他嘴里不时重复喊着一句话，听上去像是"布丁玻璃"。

"布丁玻璃！"弗兰克也跟着念了一句，然后惊讶地望着迪克，问，"这是什么意思？"

"你想尝尝吗？"迪克问。

"我从没听过这东西。"

"你问问他，他的布丁多少钱吧。"

弗兰克仔细瞧了瞧那人，很快明白这人是个安装玻璃的工人。

"哦，我明白了，"他说，"这人说的是'装玻璃'。"

弗兰克不是唯一犯这种错误的人。这些工人单调的叫声的确容易误听成"布丁玻璃"，而不是他们想说的"装玻璃"。

　　迪克问："现在我们往哪儿走？"

　　"我想去看看中央公园，"弗兰克说，"它离这儿远吗？"

　　"大概有一英里半，"迪克说，"这儿是第二十九大街，公园在第五十九大街上。"

　　为了让没到过纽约的读者更容易理解，我需要解释一下：从离纽约市政厅大约一英里的地方开始，纽约所有的十字街道都按照一定的顺序来用数字命名，最后一直排到第一百三十大道。这一路上全是房屋，第一百三十大道也是到哈莱姆区的马车线路的终点。要是把整个岛都摊开来算，街道的数字可能会超过两百多。中央公园南起第五十九街，北至第一百一十街，占据了曼哈顿岛的中心，可谓名副其实。两条平行街道中间的地方被称为一个街区，二十个街区长度约为一英里。所以，迪克说他们离中央公园大约一英里半，这个长度完全正确。

　　"走路去太远了。"弗兰克说。

　　"坐车的话要花六美分。"迪克说。

　　"你是说坐马车去？"

　　"对。"

　　"好，我们就坐下趟马车。"

　　虽然往来于第三大道和哈莱姆区之间的马车总是肮脏拥挤，不值一提，但它是纽约市最繁忙的一条线路。况且，全程从市政厅到哈莱姆一共七英里，只收七美分车费，价格公道，没什么可抱怨的。当然，车夫主要靠坐短程的乘客来赚钱。

这时，一辆马车驶来，看上去车上挤满了人。

"我们是坐这辆呢，还是等下一辆？"弗兰克问。

"下一辆和这一辆大概差不多挤。"迪克答道。

于是，两人冲车夫做了个手势，让马车停下，然后上了车。他们一直站到第四十大街，好多乘客都下了车，才找到座位。

弗兰克坐在一位中年妇女旁边，这女人可能更乐意别人尊称她女士，她长着一张尖脸，嘴唇薄薄的，一副不讨人喜欢的模样。她身旁的两位先生一下车，她就立刻把裙子铺开，好把两个位子都占了，可弗兰克和迪克却不理会她，径直坐了下去。

"这地方容不下两个人。"她望着弗兰克，酸溜溜地说。

"这儿刚才坐的就是两个人。"

"本来是坐不下两个人的，有些人就喜欢去不受欢迎的地方瞎挤。"

"还有些人就喜欢多吃多占。"弗兰克心里想，不过嘴上却没说出来。他看出这女人脾气很坏，知道最好别和这种人理论。

弗兰克还没有坐马车游览过城里的这么多地方，所以他饶有兴致地望着窗外，看着街道两旁的商店。第三大道非常宽阔，可是，街道上的房屋和商店虽然比东边的好些，但不如百老汇大街漂亮。许多读者都知道，第五大道是纽约城里最繁华漂亮的街道，街道两旁都是华美的私人住宅，里面住着上流社会的有钱人。纽约的许多街头也有犹如王宫的豪宅，其内外装饰都十分富丽堂皇。

弗兰克在去中央公园的路上见到了不少这样的房子。

从刚才的描述我们已经得知，他们和身边的女士有过不愉快的对话，所以弗兰克决定不再理会她。不过，他错了。正当他欣赏窗外的街景之时，那女人伸手到口袋里拿钱包，却找不到了。于是，她立刻断定有人偷了她的钱包，并锁定了怀疑对象——弗兰克，因为他刚才是挤到她身边来的。

"售票员！"她尖声叫嚷。

"什么事，女士？"售票员回应道。

"我要你到这儿来一下。"

"出什么事了？"

"有人偷了我的钱包，里面装着四美元八十美分，我记得清清楚楚，因为付车票的时候我还数过。"

"是谁偷的？"

"就是这个男孩。"她指着弗兰克说。她的指控让弗兰克极为震惊。

"是他故意挤到我身边来偷的，我要你搜他的身。"

"你撒谎！"迪克气愤地大叫。

"对了，你是他的同伙，我敢肯定，"女人恶狠狠地说，"你和他同流合污，一点没错。"她指着迪克又骂道。

"那你是良家妇女吗，你像吗？"迪克嘲讽地说。

"你怎么敢对我说这种话？"女人气急败坏地问。

"难道你是男扮女装的？"迪克问。

"你大错特错了，女士，"弗兰克平静地解释道，"如果你坚持要求，售票员可以来搜我的身。"

拥挤的马车上出了盗窃案，意味着有热闹好瞧了。谨慎的乘客赶紧摸摸自己的衣服口袋，看看钱包是不是也被偷了。弗兰克涨红了脸，居然有人怀疑自己是小偷，这让他非常愤慨。他从小受过良好的教育，在他心目中，偷盗是非常可耻下作的事情。

迪克认为，说他是个小偷，真是个天大的笑话。虽然从小没有人教过他怎么辨别是非，他也认识许多小偷小摸的人，但是他可绝不会去偷东西，因为他认为偷窃是件丢脸的事。而且，他从没想到有人会怀疑弗兰克偷东西。

车上的乘客都站在弗兰克他们一边，他们的长相帮了他们，弗兰克看上去一点不像是个贼。

"女士，你一定是搞错了，"坐在对面的一位绅士说，"这个年轻人不像是小偷。"

"不要被他的外表骗了，"女人阴沉着脸说，"外表最能蒙骗人，恶棍们总是穿得人模人样的。"

"是吗？"迪克问，"你真该瞧瞧我穿着华盛顿将军的外衣时的模样，你一定会说我是你见过的最大的恶棍。"

"我毫不怀疑你就是那种人。"女人怒视着迪克说道。

"多谢夫人，我很少受到这样的夸奖。"迪克说。

"少放肆，"女人气愤地说，"你们两个中你最坏。"

这时，马车已经停下了。

"我们得在这儿停多久啊？"一位乘客着急地问，"你们也许没急事，我可有。"

"我要找我的钱包。"女人反对道。

"好了，女士，我可没拿你的钱包，真不知道把我们留在这儿对你有什么好处。"

"售票员，还不快叫个警察来搜这个小流氓？"怒气冲冲的女人又说，"你们别指望我丢了钱包还会忍气吞声。"

"如果你要看，我可以把衣服口袋翻出来给你看看，"弗兰克骄傲地说，"不用叫警察，售票员或别人可以来搜搜。"

"好吧，年轻人，"售票员说，"要是这位女士同意，我就来搜。"

女人表示赞同。

于是，弗兰克把衣服口袋向外翻出，里面什么都没有，只有他自己的一个小钱包和一把削笔刀。

"女士，这下你满意了吧？"售票员问道。

"不，我不满意。"女人的态度很坚决。

"你还是认为他是小偷？"

"没错，不过，他把钱包传给他的同伙了，就是那个无礼的家伙。"

"你说的是我。"迪克嘲弄地说。

"他自己都承认了，我要你去搜搜他。"女人说。

"好吧，我让你搜。只不过我身上带着值钱的东西，你可要小心，别把我伊利铁路的股票搞丢了。"迪克说。

售票员把手伸进迪克的衣服口袋，掏出一把生锈的小折刀，一枚旧硬币，大约值五十美分，还有从"急于回波士顿看病人"的骗子那儿得到的钱包。

"女士，这钱包是你的吗？"售票员举起钱包问。钱包的大小让其他乘客有些惊讶。

"你这样年纪的年轻人用这么个大钱包不合适吧？"售票员问。

"这是我用来装现金和重要股票的包。"

"我猜这个不是你的吧，女士。"售票员又转头问那女人。

"不是，"女人轻蔑地说，"我才不会随身携带这么大个钱包，我看，十有八九是他偷别人的。"

"你可真是个高明的侦探啊！"迪克说，"也许你还知道我是偷谁的呢。"

"虽然我不认识钱包的主人，可我知道我的钱就在里头，"女人尖叫道，"售票员，快把钱包打开，瞧瞧里面有什么？"

"别把我的股票弄坏了。"迪克装出一副着急的样子说。

售票员打开钱包，里面的东西让其他乘客觉得有些好笑。

"里面没什么钱。"售票员说着，取出一卷裁成钞票大小的纸张。

"当然没有，我不是告诉过你里面只是些对我有用，其他人用不着的股票吗？要是这位女士想借用，我不会收她利息。"迪克说。

"我的钱跑到哪儿去了？"女人尴尬地说，"我敢肯定是这两个小流氓中的一个把钱扔到窗外去了。"

"你最好再查看一下自己的衣服口袋，"坐在对面的绅士说，"我相信这两个年轻人没有偷，我看他们不像是小偷。"

"谢谢您，先生。"弗兰克说。

女人听从了绅士的建议，再次把手伸进衣兜，不料却掏出一个小钱包来。看到这钱包，她不知道是应该高兴还是难过，表情相当难堪。她引起了这场小小的骚乱，还耽误了所有乘客的时间，最后却发现是自己在无事生非。

"这是你被偷的钱包吗？"售票员问。

"是的。"她疑惑地答道。

"你耽误我们这么久，就为了这无中生有的事情！"售票员尖刻地说，"希望你下次最好先弄清楚再来折腾。我们被耽搁了五分钟，马车都不准点了。"

"我也没办法，"女人辩解道，"我哪儿知道它还在我口袋里呢。"

"我说，你该给这两个年轻人道个歉，你刚才污蔑他们是小偷，结果他们是清白的。"坐在对面的绅士说。

"我才不向谁道歉呢，"女人没好气地说，"尤其是那些狂妄自大的家伙。"

"多谢你，夫人，"迪克开玩笑地说，"我们接受你诚恳的道歉，要不是这种情形，我是不会把我贵重的钱包给别人看的，就怕引起某些邻座的嫉妒。"

"你真是个有趣的人。"刚才说话的先生微笑着说。

"其实无聊得很。"女人嘟囔了一句。

不过，大家显然同情受冤枉的两个男孩，都对这位女士没什么好感，迪克的玩笑话使大家挺开心的。

马车到达中央公园的南端——第五十九大街，迪克和他的同伴下了车。

"你要多留神自己的钱包，小伙子，"售票员好意地提醒迪克，"这么大的钱包很容易引来小偷。"

"您说得对，"迪克说，"这是有钱人的烦心事，埃斯特和我晚上都睡不着，就怕有贼闯进来抢我们的财宝。有时我都想把所有财产捐给孤儿院，从理事会拿钱，这种合作能让我赚钱。"

迪克说话的时候，马车已经走远了。两个男孩拐到第五十九大道，到中央公园还要走两个街区。

10

轻信他人的受骗者

"迪克，你真是个古灵精怪的家伙！"弗兰克笑着说，"你总是兴致勃勃的。"

"不对，不总是这样，我也有心情不好的时候。"

"什么时候？"

"去年冬天，有一次，天冷得很，我鞋子上破了几个洞，我的手套还有保暖的大衣都还在裁缝那儿没做出来呢。那段时间，我就觉得日子太难熬了，真想有个富人能收养我，让我吃饱穿暖，让我不用为了吃喝四处奔忙。看见别人都有爸有妈，一家人幸幸福福的，我也想能有人来管管我。"

迪克说这话时收起了平时嘻嘻哈哈的样子，语气中流露出一丝伤感。弗兰克有幸福的家庭和疼爱他的父母，不禁可怜起这个无家可归、艰难挣扎着讨生活的男孩。

"迪克，你别以为没人管你，"弗兰克说着把手轻轻搭在迪克肩头，"我会照管你的。"

"你？"

"如果你允许我这样做的话。"

"我当然愿意了，"迪克期盼地说，"我真想有个在乎我的朋友。"

中央公园就在眼前了，可是，当时的公园并不像现在的模样。那时，公园刚开始修建不久，还没完工，到处坑坑洼洼的，只是一片荒地，从南到北长二点五英里，宽零点五英里，有的地方岩石遍布，公园管委会就在这片地上建起了如今这个美丽的园子。公园附近也没有什么体面的房屋，为数不多的几处建筑都是供工人们居住的简陋的临时棚屋。

后来，中央公园四周建起了一片片精美的住宅，可以与世界上任何一个城市中最亮丽的地方媲美。可是，在弗兰克和迪克去的那个时候，中央公园和附近地区都还没有任何出众之处。

"如果这里就是中央公园，"弗兰克失望地说，"我真无话可说了。我父亲有一大块地，比这儿漂亮多了。"

"过段时间就好看了，"迪克说，"现在，除了石头没什么好看的。要是你想看看，我们可以进去走一圈。"

"算了，"弗兰克说，"我已经看够了，另外，我也累了。"

"那我们回去吧，我们可以坐第六大道上的马车，它会把我们送到维西街，就在埃斯特饭店旁边。"

"好吧，"弗兰克说，"我希望这是条最好的马车路线，"他又笑着说，"那位讨人'喜欢'的女士千万别坐在上面，我可不想再被人说成小偷了。"

"她可真是个厉害角色，"迪克说，"要是哪个男人喜欢生活在水深火热中，又不介意每天挨几次骂，那她也算得上一个好老婆了。"

"是啊，我认为她适合找这种人。是这辆马车吗，迪克？"

"对，快跳上去，我也跟着你上去。"

第六大道两旁店铺林立，许多商店的外观非常漂亮，在别的大城市里会成为一道亮丽的风景线，可是，在纽约它只能算得上几条长长的商业街中的一条，通过这点，我们就能理解纽约的规模和重要性了。

回程还算平安无事，大约四十五分钟后，两个孩子下了马车，站在埃斯特饭店旁。

"你现在要回去吗，弗兰克？"迪克问。

"这要看你是不是还要带我去别处逛逛了。"

"你想去华尔街吗？"

"华尔街是好多银行家和股票经纪人去的地方，对吧？"

"对，但愿你不怕'熊'和'牛'，你怕吗？"

"'熊'和'牛'？"弗兰克疑惑不解地问。

"对。"

"是什么意思？"

"'牛'就是牛市，股票上涨；'熊'就是熊市，股票就会跌下来。"

"哦，我明白了，我当然想去瞧瞧。"

于是，他们便沿着百老汇西边一直走到三一教堂，然后过街，来到一条虽然既不宽也不长，但极其重要的街道。要是读者知道每天在这条街上交易流通的货币金额，一定会大吃一惊的。虽然百老汇大街比华尔街长，两边店铺鳞次栉比，可是，它的地位却排在华尔街之后。

"那幢大理石楼房是什么地方？"弗兰克指着矗立在华尔街和拿骚街交界处的一处宏伟的建筑问。这幢大楼像个四边形，有二百英尺长，九十英尺宽，八十英尺高，有十八级花岗石台阶通向入口处。

"这是海关大楼。"迪克答道。

"它就像我见过的雅典帕提侬神庙。"弗兰克想了想说。

"雅典在什么地方？"迪克问，"是不是在纽约州？"

"我说的不是那个雅典，是希腊的雅典，是两千年前的一座名城。"

"我可记不住那么长时间的事，"迪克说，"我连一千年前的事都记不住。"

"你真是会说笑话！迪克，我们能进海关大楼吗？"

两人经过询问，得到了进入大楼的许可。于是，他们便走进大楼，沿着楼梯一直来到楼顶，从这里可以眺望港口和码头的全景，还有往来的船只以及邻近的长岛和新泽西海岸。他们向北望去，看到了绵延无尽的街道和房顶，还有分布在各处的教堂不时露出的一个个尖顶。迪克从没来过海关大楼，他和弗兰克一样，都被眼前壮观的景色迷住了。

他们尽情欣赏完美景后，沿着花岗石楼梯走出大楼。这时，一个年轻人和他们打了个招呼，这人的外表值得好好说说。

这人高高的个子，五官很普通，长着双眯缝眼，还有个大鼻子。他身上的衣服显然不是城里的裁缝店做的，外面是一件蓝色外套，上面缝着铜扣，裤腿不够长，连小腿都没完全遮住。他手里拿着一张纸，脸上是一副迷茫焦虑的神情。

"是在这里头换钱吗？"这人一边问一边用手指了指大楼里面。

"我想是吧，"迪克回答，"你要进去换吗？"

"啊，是的，我有六十美元的支票，是今天早上交易来的。"

"你说的是什么意思？"弗兰克问。

"是这样，我身上带了些钱，有五十美元，想存进银行。我还没想好要存到哪家银行，这时，有个人匆匆忙忙走过来，说他真倒霉，银行没开门，可他又急需钱用，还得搭下趟火车离开纽约。我问他需要多少钱，他说要五十美元。我就告诉他，我碰巧有，他表示愿意用一张六十美元的支票来换我的五十美元。我想可以轻轻松松赚到十美元，就把钱给他了。他离开前

告诉我，他们开始兑换现金的时候会打铃通知。可我已经等了两个小时，都没听到铃声。我告诉过我爸爸，今晚会回家，所以现在得走了。你们觉得我现在可以直接进去兑换支票吗？"

"把支票给我看看好吗？"弗兰克说。他耐心地听完了这个乡下人的故事，怀疑这人是一场骗局的受害者。支票上写着"华盛顿银行"，金额是六十美元，还有一个"伊弗雷姆·史密斯"的签名。

"华盛顿银行！"弗兰克念了一遍，"迪克，纽约有这样一家银行吗？"

"我从没听说过，"迪克说，"至少我没有它的股份。"

"这里面难道不是华盛顿银行？"乡下人指着海关大楼问。他们三人正站在大楼前的台阶上。

"不对，这里是海关大楼。"

"他们难道不会给我兑换这张支票吗？"乡下人问，他的额头开始冒汗了。

"恐怕给你支票的人是个骗子。"弗兰克轻轻地说。

"我再也拿不到我的五十美元了？"年轻人愤怒地问。

"我看可能是这样。"

"我爸会怎么说我呢？"年轻人猛然说，"一想到这些我就头疼，要是我能见到那家伙，我一定会把他痛扁一顿。"

"他长什么样儿？我可以叫警察来，你给警察说说，也许警察能抓到他，追回你的钱。"

迪克叫来一个警察，警察听了乡下年轻人的描述，断定那家伙是职业骗子。警察告诉年轻人，他的钱不大可能追得回来了。两个男孩告别了可怜的乡下人，继续朝前走，那人还在为自己的不幸遭遇失声痛哭。

"他太嫩了，"迪克轻蔑地说，"还不懂怎么照管好自己和自己的钱。在城里生活就得放机灵点儿，要不被人卖了还帮人数钱呢。"

"我猜你从没被人骗过五十美元，迪克？"

"当然，我身上从不带这样的小钱。"迪克又补充了一句，"我倒是希望被人骗过。"

"我也是，迪克。街那头的大楼是什么地方？"

"是华尔街到布鲁克林的轮渡口。"

"到布鲁克林那边要多长时间？"

"不到五分钟。"

"要不我们去坐个来回怎么样？"

"太棒了！"迪克说，"轮渡票很贵，不过，要是你不在乎，我也不会在乎。"

"是吗？要花多少钱？"

"一张票两美分。"

"我想我还付得起，走吧。"

他们走进大门，向入口处的人付了船费，登上了前往布鲁克林的轮渡。

他们刚一上船，迪克就扯了扯弗兰克的胳膊，让他看男厕所外的一个人。

"你看见那人了吗，弗兰克？"他问道。

"看见了，他是谁？"

"他就是骗了那个乡下人五十美元的家伙。"

11
大侦探迪克

弗兰克非常惊讶，迪克竟能立刻认出骗乡下人钱的家伙。

"你怎么知道是他？"他问迪克。

"因为我以前见过他，也知道他最喜欢耍这套把戏，刚才我一听乡下人说起骗子的模样，就敢肯定是他。"

"我们认出这个骗子没有用，"弗兰克说，"单凭我们没法追回乡下人的钱。"

"我不知道，"迪克想了想说，"也许我能试试。"

"怎么试？"弗兰克疑惑地问。

"等一下你就明白了。"

迪克离开他的同伴，朝他们认为是骗子的人走过去。

"伊弗雷姆·史密斯。"迪克低声叫他名字。

那人猛地转过身，不安地看着迪克。

"你在叫谁？"他问。

"我认为你就叫伊弗雷姆·史密斯。"迪克又说。

"你弄错了。"那人说着就要走。

"等等，"迪克说，"你不是把钱存在华盛顿银行的吗？"

"我可不知道这家银行，年轻人，我有急事，没空回答这样无聊的问题。"

这时候，渡轮已经到达了布鲁克林码头，这位伊弗雷姆·史密斯先生看样子急于下船。

"等等，"迪克意味深长地说，"你最好别上岸，除非你想落到警察手里。"

"你什么意思？"那人吓了一跳，问。

"你干的勾当警察已经知道了，"迪克说，"你用一张假支票骗了一个傻小子五十美元，你要是上岸，可难保安全。"

"我不明白你在说什么。"尽管骗子装出无辜的样子，但迪克能看出他心里有多么忐忑。

"你当然清楚，"迪克说，"你只有一条出路，把钱还给我，我担保你不会有事。要是你不给我钱，我一看到警察，就会让他把你抓起来。"

迪克的态度非常坚决，言语中充满了自信，惊慌失措的骗子不敢再迟疑，只好把一卷钱递给迪克，然后便匆匆下了船。

站在不远处的弗兰克目睹了这一幕，惊奇不已，不明白迪克对骗子施了什么魔法，竟然让他乖乖地把钱归还了。

"你是怎么办到的？"他急忙问迪克。

"我告诉他，我会对总统施加影响，让他接受侵犯人身权利的审判。"迪克说。

"那当然会吓到他了，不过，说真的，告诉我，你是怎么降服他的？"

迪克这才原原本本地对弗兰克讲述了整个过程，然后说："我们现在可以回去还钱了。"

"要是找不到那个可怜的乡下人怎么办？"

"那就把钱交给警察吧。"

他们没下船，又坐着渡轮回到纽约。回到华尔街后，他们看到那个乡下人还待在离海关大楼不远的地方。他的脸上还挂着泪痕，可是，他的胃口却没受心情的影响。路边有个老妇人在摆摊卖苹果和香草籽蛋糕，他买了几个蛋糕，既伤心又满足地吃着呢。

"喂！"迪克说，"你的钱找到了吗？"

"没有，"年轻人猛地打了个饱嗝儿，说，"我再也看不到我的钱了。该死的骗子把它骗走了。让他下地狱去吧！我花了六个月才攒了这笔钱，是靠给我们那儿的平克汉姆执事干活儿才挣来的。天哪，我真不该来纽约！执事答应帮我保管钱，可我不听，就想把钱存进银行，这下好了，全丢了。倒霉！真倒霉！"

说完，他几口吃完蛋糕，一想到丢钱的事儿，又号啕大哭起来。

"得了，"迪克说，"把眼泪擦了，瞧瞧我给你带什么来了。"

年轻人一看到那卷钞票，就认出了是自己被骗走的那笔钱，立刻抛开了烦恼，从心里乐开了花。他使劲地握住迪克的手表示感谢，他的手劲实在太大了，我们的主人公差点担忧起自己的人身安全了。

"别使劲扯我的胳膊，"迪克说，"你不能换种方式来表示感谢吗？我还要用胳膊干活呢！"

年轻人终于放开了迪克的手，又热情地邀请迪克到乡下去住一个星期，保证吃喝住宿都不收钱。

"好啊！"迪克说，"要是你不介意，我想把我老婆带上。她身子弱，乡下的空气对她有好处。"

这个叫乔纳森的年轻人吃惊地盯着迪克，不知该不该相信迪克结婚的事情。迪克和弗兰克借机走掉了，只剩下惊呆的乔纳森留在原地，看上去他还没弄明白到底是怎么回事。

"我想现在咱们该回埃斯特饭店了，我叔叔可能已经料理好生意，回那儿去了。"弗兰克说。

"好吧。"迪克说。

两个孩子便朝百老汇大街走，经过三一教堂，慢慢朝饭店走去，教堂高耸的尖顶就正对着那条银行家和股票经纪人云集的街道。等他们走到埃斯特饭店时，迪克说："再见了，弗兰克。"

"别着急走，"弗兰克说，"你跟我进去吧。"

迪克跟着年轻的主顾走上饭店台阶，弗兰克走进阅览室里，正如他所料，他叔叔已经回来了，正在读一份刚从外面买的《晚间邮报》。

"哦，孩子们，"叔叔看到他们，说，"你们过得愉快吗？"

"是的，叔叔，"弗兰克说，"迪克是个一流导游。"

"你叫迪克，"惠特尼先生微笑着看了迪克一眼，"我差点都认不出你了，恭喜你，完全改头换面了。"

"弗兰克对我很好，"迪克说，他只是个街头少年，虽然不常有人善待他，他却有一颗能感知别人好意的心，"他是个上等人。"

"我也认为他是个好孩子。"惠特尼先生说，"我的孩子，我也希望你能在这世上立足并取得成功。这是一个自由的国度，一个人早年的贫困不会阻碍他上进。我也算不上有多大的成就，"他又微笑着说，"不过，我的生活还是稳步前进的，其实，我也曾经和你一样贫穷。"

"真的吗，先生？"迪克急切地问。

"是的，孩子，我还能回忆起连吃饭的钱都没有，只好忍饥挨饿的日子。"

"你是怎么出人头地的呢？"迪克急忙问。

"我进了一家印刷厂当学徒，在那儿干了好些年。后来，我的眼睛不行了，就离开了印刷厂。我不知自己该干哪一行，就到乡下的一家农场上干活。不久，我的运气来了，我发明了一部机器，这机器给我带来了巨额财富。不过，在印刷厂的时候，我懂得了一个比金钱更重要的道理。"

"是什么道理呢，先生？"

"那就是阅读和学习，我爱上了这两件事。我利用空余时间来学习，我现在拥有的许多知识就是在那时候学到的。事实上，是我读过的一本书让我产生了后来发明机器的灵感。所以说，是勤奋好学的习惯赐予了我财富和其他收获。"

"可我是个一字不识的人。"迪克难过地说。

"没关系，你还年轻。而且，我看你非常聪明，如果努力学习，一定能行的。如果你想有所成就，必须学会读书才行。"

"我会的，"迪克意志坚定地说，"我绝不会擦一辈子的皮鞋。"

"孩子，靠劳动挣钱不可耻，你干的是堂堂正正的活儿，没什么好害臊的。不过，要是你能找到一份更有前途的工作，我建议你去尽力试试。那时，你就可以选择自己熟悉的行当谋生，要是能勤俭节约，不浪费，你还能攒下一笔钱。"

"谢谢您的建议，"我们的主人公说，"没几个人会对我这个穿破衣服的迪克感兴趣。"

"这是你的绰号吗？"惠特尼先生说，"要是我预计得没错的话，要不了多久你就会甩掉这个名字。别浪费钱，孩子，用钱去买书来读，要下决心取得成功，你会找到一份受人尊敬的工作的。"

"我会努力的，"迪克说，"晚安，先生。"

"等等，迪克，"弗兰克说，"你的擦鞋箱和旧衣服还在楼上，你需要它们的。"

"当然，"迪克说，"我可不能缺了那身最好的衣服，还有我干活儿的家伙。"

"弗兰克，你和他到楼上去取，"惠特尼先生说，"服务生会给你钥匙，迪克，你走之前，我想再见见你。"

"好的，先生。"迪克说。

"你今晚到什么地方去睡觉呢，迪克？"两人一起上楼的时候，弗兰克问。

"可能就在第五大道——当然是在大街上。"迪克说。

"你没有地方住吗？"

"昨晚我是睡在一个木头箱子里的。"

"睡在箱子里的？"

"对，就在史普鲁斯大街上。"

"可怜的家伙！"弗兰克同情地说。

"哦，那张床很不错，上面全铺着稻草！我睡得可香了。"

"你没足够的钱付房租吗，迪克？"

"是的，"迪克说，"我没把钱花在正道上，都用于到老鲍厄里和托尼·帕斯特看戏去了，有时还会去巴克斯特街赌博。"

"你别再去赌博了，好吗，迪克？"弗兰克把手搭在同伴肩头，劝说道。

"我不会再去了。"迪克说。

"你发誓？"

"我发誓，不会反悔的。你是个好人，我真希望你能在纽约住下来。"

"我要去康涅狄格州的一所寄宿学校上学，那个小城叫巴顿，你会给我写信吧，迪克？"

"我的字写得就像鸡爪一样歪歪扭扭的。"迪克不好意思地说。

"没关系，我想要你给我写信，记得给我你的地址，我好给你回信。"

"希望收到你的回信，"迪克说，"但愿有一天我也能和你一样。"

"我希望你越过越好，迪克。现在，我们下楼去找我叔叔吧，他说在你临走前要再见你一面。"

他们回到阅览室，迪克用弗兰克给的一张报纸裹着自己的鞋刷，他认为埃斯特饭店的客人不能手里拿着一把鞋刷子走出饭店。

"叔叔，迪克要走了。"弗兰克说。

"再见，小伙子，"惠特尼先生说，"希望不久就能听到你的好消息。别忘了我对你说的话，记住，你的未来要靠你自己努力，未来的好坏取决于你自己的选择。"

惠特尼先生伸出一只手，手里握着一张五美元的钞票，迪克吓得倒退了一步。

"我不会接受的，"迪克说，"您给得太多了。"

"也许有点多，"惠特尼先生说，"可是，我给你钱是因为你让我想起了我年轻时一无所有的日子，希望它会对你有点帮助。要是以后你富裕了，可以用同样的方式去资助另一个穷孩子——如果他也像你现在这样努力向上的话。"

"我会的，先生。"迪克像个男子汉似的答道。

他不再拒绝惠特尼先生的好意，感激地收下了钱，向弗兰克和他叔叔道别后就走到了外面的大街上。离开弗兰克后，迪克内心升起一种孤独感，几个小时的相处，让他对弗兰克产生了强烈的依恋之情。

12

在莫特街上租房

　　迪克走出饭店，呼吸着外面的新鲜空气，觉得有点饿了，便走进一家餐馆，打算吃一顿丰盛的晚餐。

　　也许由于身上穿着新衣服，让他觉得自己有了点贵族气质，因此他没有去平时常去的廉价餐馆，而是走进了洛夫乔伊酒店属下的餐厅，这里不仅价格昂贵，而且不是任何人都能进去就餐的。要是迪克穿着平时擦鞋时的衣服，一定会被拒之门外。不过，如今他的外表像个受人尊敬、很有风度的年轻人，丝毫不会有损餐厅形象，所以，服务生殷勤地为他点餐，一顿丰盛的晚餐很快就摆在他面前了。

　　"但愿每天都能上这儿来吃饭，"迪克心想，"另外，受人尊敬的感觉可真好。那边桌旁坐着的绅士不止一次让我给他擦过鞋子，我穿上新衣服，他就认不出我了。要是他发现自己和擦鞋匠在一起吃饭，不知会是什么反应。"

迪克用完晚餐，便起身到柜台付账。他看了看账单，用那张五美元钞票付了钱，仿佛这张钞票对他来说是个不值一提的小数目。他接过找回的零钱，来到大街上。

现在，他面前摆着两个问题：今晚怎么过？又到哪里去睡觉？要是昨天他身上带着这笔"巨款"，他会毫不犹豫地给出问题的答案：先到老鲍厄里看戏，再到大街上随便找个地方躺下。可是，现在，他已经不同以往了，或者说他打算改变自己了。他要把钱节省下来干正事——在这个世界上有所作为。因此，他不能再去戏院了，而且，穿着这身新衣服，他也不愿再露宿街头了。

"要是睡在外面，会把新衣服弄脏的，"他想，"那样就不值得了。"

于是，他决定去租一个房间，这样就可以定居下来，好好考虑他的将来，晚上他就能睡在房间里，而不用在木箱里或旧车厢里凑合睡了。这是他迈向受人尊敬的体面生活的第一步，迪克决心已定。

随后，他便穿过市政厅公园，慢慢朝中央大街走去。

他心里清楚，尽管钱包里有近五美元现金，还有那些"珍贵"的股票，但要想在第五大道租一间房可不是明智的选择。另外，他还有理由担心，自己的某位顾客也住在那条气派的大街上。所以，他转而朝莫特街走去，这条街相对来说要平民化得多。迪克在一幢砖石修建的公寓前停了下来，这所公寓是穆尼太太开的，迪克认识她的儿子汤姆。

迪克按了按门铃，公寓里传来一阵刺耳的金属回声。

一个懒懒散散的用人打开了公寓门，用询问的目光好奇地打量着迪克，我们必须记住，迪克现在穿着非常体面，从他的外表完全猜不到他的真实身份，再加上他英俊的相貌，人们极可能把他看成是一个绅士的孩子。

"您好，维多利亚女王，"迪克开玩笑说，"你们夫人在家吗？"

"我叫布里奇特。"女佣说。

"对，没错！"迪克说，"您长得太像女王了，去年圣诞节她和我交换过照片，所以我忍不住用她的名字来称呼您了。"

"呵呵，您可真会来事！"布里奇特说，"您太会说笑话了。"

"要是您不信，"迪克装作严肃的样子说，"您尽可以去问问我的老朋友纽卡斯尔公爵。"

"布里奇特！"从地下室里传来一声刺耳的叫喊。

"夫人在叫我了，"布里奇特急忙说，"我去告诉她您要见她。"

"好的！"迪克说。

女佣便往地下室去了。不一会儿，一个矮胖的红脸妇人出现在迪克面前。

"先生，您有什么事？"这位穆尼太太问。

"您有空房间出租吗？"迪克问。

"您是给自个儿找房子吗？"穆尼太太有点惊奇地问。

迪克做了肯定的回答。

"这里现在没有好房间空着，只有三楼有个小房间。"

"我想去看看。"迪克说。

"我不知道这房子合不合您的心意。"穆尼太太瞄了一眼迪克的衣服说。

"我对住处要求不高，"迪克说，"我先看看再说吧。"

迪克跟着女房东经过狭窄的楼梯来到三楼，肮脏的楼梯上没有铺地毯。女房东把他引到一间十英尺大的屋子里。这间屋子的确不能让人满意，地上曾经铺过油布，可现在已经破烂不堪了，还不如不铺。房间的一个角落里放着一张单人床，床上胡乱堆放着脏床单被褥。屋里有个衣柜，柜子表面有划痕，有些地方的油漆已经脱落了。柜子中间镶着一面八英寸宽、十英寸长的小镜子，一旁还摆着两把快散架的椅子。从迪克的穿着来看，穆尼太太估计他对这样的房间是不屑一顾的。

不过，要记住，迪克过去的经历不会使他成为一个挑剔的人。与木箱或旧车厢相比，这间小屋子算得上舒适了。要是房租合理的话，迪克打算把它租下来。

"请问房租是多少呢？"迪克问。

"我得收一美元一个星期。"穆尼太太犹豫了一下，报出了价格。

"要是七十五美分的话，我就租下了。"迪克还价道。

"每星期预付房租吗？"

"对。"

"好吧，日子不好过，我也不能让屋子老空着，就租给你吧。你什么时候来？"

"今天晚上。"迪克说。

"这屋子还没打扫干净，我不敢保证今晚能弄好。"

"这样吧，我今晚还是睡在这儿，你明天再来收拾。"

"请您别见怪，我只有一个人，雇的帮手又是个懒家伙，什么事儿都得我操心，有时候就力不从心了。"

"没关系的！"迪克说。

"您能先预付一周的房钱吗？"女房东小心翼翼地问。

迪克马上从衣兜里掏出七十五美分，放到她手里。

"我能打听打听，您是做什么的吗？"穆尼太太问。

"我是专业人士。"迪克这样回答她。

"哦，是这样！"女房东说，其实她不太明白这话的意思。

"汤姆最近怎么样？"迪克问。

"您认识汤姆？"穆尼太太惊喜地问，"他出海去了，是到加利福尼亚去了，上星期走的。"

"是吗？"迪克说，"对，我认识汤姆。"

穆尼太太得知新房客认识自己的儿子，不由得对他又增加了一层好感。说起来，她儿子其实是莫特街上最坏的小流氓之一。

"今晚我就把行李从埃斯特饭店搬过来。"迪克郑重其事地说。

"从埃斯特饭店搬过来！"穆尼太太惊呼道。

"对，我在那儿和几个朋友住了一段时间。"迪克说。

穆尼太太的惊讶是情有可原的，一位埃斯特饭店的客人居然愿意搬到她的公寓来住——这可是件稀罕事儿。

"您说您是个专业人士？"她不禁问。

"是的，夫人。"迪克彬彬有礼地回答。

"您该不会是……"穆尼太太不知道该怎么往下面说自己的猜测了。

"哦，不，我不是您想的那种人，"迪克立刻解释道，"您怎么会往那儿想，穆尼太太？"

"对不起，冒犯您了，先生。"女房东忙道歉，可她心里更疑惑了。

"完全不是您想象的那样，"我们的主人公说，"不过，请原谅，我得走了，穆尼太太，我还有些要紧事情得处理。"

"您今晚过来吗？"

迪克做了肯定的回答，便离开了公寓。

"不知道他到底是干什么的！"女房东看着迪克穿过大街，

心里还在想，"他穿着体面，可是又不挑剔住的地方。不过，我的房间这下全都租出去了，也算是件好事。"

迪克已经迈出了关键的一步——租了房子，还预付了一周的房租，他感觉心里舒畅多了。接下来的七个晚上，自己不仅有了遮风挡雨的地方，还有了一张真正的床。一想到这些，这个小流浪汉就心花怒放，要知道，他从前早上起床时几乎都不知道晚上会睡在哪儿，这样的日子终于结束了。

"我得把行李拿过来。"迪克暗想，"今晚我能早点睡觉了。能睡在一张真正的床上，真是太好了！木头箱子总是硌得我背疼，碰上下雨天就更糟糕了。要是约翰尼·诺兰知道我有了一个自己的房间，还不知道他会怎么说呢。"

13

米琪·马奎尔

晚上九点左右，迪克回到了新住所，手里提着他的职业装，也就是当天早晨穿的那套衣服，还有擦鞋工具。他把这些都装进了衣柜抽屉，然后在摇曳的烛光下脱掉衣服，上床睡觉。迪克吃的晚餐都消化了，心情也不错，不久便安然入睡了。也许柔软的羽绒褥垫也有利于睡眠，不管怎么说，他很快合上眼，一直睡到第二天早晨六点半才醒。

迪克用胳膊肘撑着床，直起身子，有几分茫然地环顾着周围。

"老天爷，我都记不起这是哪儿了。"他自言自语道，"对了，这是我自己的房间，对吧？能有自己的房间和床，看起来是挺受人尊敬的。我能付得起一星期七十五美分的房租，从前我一晚上浪费的钱都不止七十五美分呢。我没理由不过受人尊敬的生活啊，要是早点认识弗兰克就好了，他是个好人，没人像他那样关心我，给我提建议。我以前过的都是浑浑噩噩、打打闹闹的日子，今后我要让他瞧瞧，我也能干成大事。"

迪克一边思考，一边从床上爬起来。他发现房间里添了一件新家具，那是一个样式古旧的洗脸架，上面放着一个有裂缝的脸盆，还有一个破水罐，可以让他好好洗洗自己。这可是他从前没有的习惯。迪克还算是个爱干净的小伙子，不过，以前要满足他的愿望不是件容易的事情。因为他总是喜欢睡在大街上，所以无法像普通人一样到盥洗间洗漱。不过，迪克发现他这会儿也根本没法梳理一头乱发，因为身边没有一把发梳或发刷。迪克决定至少要尽快去买把梳子，要是价格便宜的话，再买把发刷。此时，他只好用手指尽量把头发理顺，只是效果仍旧不理想。

这时，迪克脑子里出现了一个问题。他这辈子头一次有了两套衣服，是该穿昨天弗兰克送他的衣服呢，还是仍然穿以前的破衣服？

二十四小时前，当读者们第一次遇见迪克的时候，世上没有比迪克更不讲究穿着的人了。实际上，迪克一直瞧不起好衣服，至少他认为自己是这样想的。不过，现在，当他打量着从前的破衣烂衫，他感到了几分羞愧，不愿意再穿着这身衣服上街。不过，要是穿着新衣服去擦鞋的话，很可能会把衣服弄脏，那样的话，他没有能力再另买一套。按常理还是该穿旧衣服，于是，迪克穿上破衣，在破镜子里照了照，里面的形象让他很不满意。

"这身衣服看上去不会受人尊敬。"他得出了结论，于是，他再次脱下旧衣，换上了新装。

"我必须多挣点钱，"他想，"先付房租，等这身衣服不能穿了，还得买套新衣服。"

他打开房门，提着擦鞋箱下了楼，来到大街上。

迪克以前的习惯是先干活，挣到钱后再吃早饭，因为他头天晚上总是花得分文不剩，不干活就没钱吃饭。今天和以往不同，他口袋里揣着四美元。不过，他早已决定不动用这笔钱。事实上，他的雄心壮志是去银行开个账户，把钱存起来，以备生病或是其他时候急用，还可以预留到必要时用来买衣服或其他物品。从前，他每天都是得过且过，身边分文不留，可是，现在，自从认识了弗兰克，迪克的脑子里想的都是要过受人尊敬的生活，这种想法对他影响很大。

擦鞋这个行当和其他行当一样，都有生意特别好、顺风顺水的时候。仿佛是上天要鼓励迪克实现新愿望，他在一个半小时内就接了六件活儿，挣了六十美分，足够付早餐钱了，还能顺带买把梳子。擦了这么多鞋子，迪克觉得饿了，就走进一家小餐馆，点了一杯咖啡和一份牛排，又加了两个面包卷，这真是一顿奢侈的早餐，花的钱要比平时多些。为了满足读者们的好奇心，我把这顿早餐的账单列在下面：

咖啡	五美分
牛排	十五美分
两个面包卷	五美分
共计：	二十五美分

这顿早饭花了将近他今早挣的一半钱。好些时候他花在早饭上的钱只有五美分，要是没吃饱，他就再吃点苹果或蛋糕。不过，一顿丰盛的早餐是为忙碌的一天做准备，迪克从餐馆出来的时候浑身劲头十足，打算今天要多擦几双皮鞋。

迪克的新衣会引发一个他从未考虑过的后果，和他一起擦鞋的伙伴们会认为他穿得太讲究了，是在对他们摆谱，也就是在暗示他们，迪克攀上高枝了，要向他们炫耀一番。可是，迪克从未有这种想法，事实上，除了刚刚产生的雄心壮志，他心里绝没冒出其他想法，更别提同伴们所谓的"自我感觉良好"的念头了。迪克是个"自由民主党人"，这个称呼没有任何政治含义，它的意思是说，迪克乐于结交所有他心目中的好人，而毫不在乎他们的身份地位如何。也许没有必要向读者们做这个解释，但是，大家要记住，傲慢和"自我感觉良好"是不分年龄和阶层的，无论是孩子还是成年人，无论是擦鞋匠还是上流社会的绅士，都会出现这种现象。

早晨是擦鞋匠们生意最好的时候，所以并没有多少人注意到迪克的新衣。可是，等生意清淡一点时，我们的主人公就显得引人注目了。

市中心的擦鞋匠中有一个来自五分区①——他是个十四岁大的矮胖男孩，一头红发，满脸雀斑，名叫米琪·马奎尔。这个男孩生性莽撞，孔武有力，在擦鞋匠里算得上是个狠角色。他手下有一帮小混混，他领着这帮家伙横行霸道，惹是生非，经常被送进布莱克威尔岛上的监狱关一两个月。米琪自己就被关过两次。可是，监狱生活并没有让他改过自新，相反，也许还让他学到了对付警察的更多经验，因为五分区的混混们都熟悉城里警察的那一套。

米琪的霸道以及由此带来的头领地位让他非常骄傲。另外，他对难兄难弟们十分宽容，而对那些衣着体面、外表整洁的人就恨之入骨，他骂这些人是在摆臭架子，厌恶他们骨子里流露出的优越感。如果再过上十五年，他再接受一点教育，那他一定会对政治感兴趣，可以在选举区会议上唱主角，到选举日那天，他会成为正派选民们的噩梦。现在这个时候，他还只是满足于当一群小混混的头儿，因为他可以随意指使这些人。

公正地说，迪克虽然换上了体面的衣服，但他还没有因此冒犯米琪·马奎尔。事实上，他们之前穿的衣服都差不多破烂。不过，在这天早晨，碰巧米琪没有什么生意，他的坏脾气理所

---

① 纽约贫民区——译者注。

当然更容易爆发了。他吃了一顿节俭的早餐，不是因为他要省钱，而是他口袋里没几个钱了。他正和一个混混朋友在一起，那个家伙绰号叫瘸子吉姆，因为他走起路来有点一瘸一拐的，这时，米琪一下子看到了穿着新衣的迪克。

"天哪！"他惊叫一声，"吉姆，快瞧瞧穿破衣服的迪克，他发财了，变成绅士了，瞧瞧他那身新衣服！"

"没错，是他，"吉姆附和着说，"我倒想问问，他是从哪儿搞来的新衣服？"

"准是偷来的，走，咱们过去审审他，咱们这群人里头可不要人模狗样的绅士，瞧他那副臭架子，我要去教训教训他。"

说着，两个家伙便朝迪克走过去。迪克背对着他们，没看见他们。米琪·马奎尔用力拍了一下迪克的肩膀。

迪克迅速转过身来。

14
一场战斗，
一个赢家

"你们干吗？"迪克转身看清了拍他的人，便问。

"你混得不错嘛！"米琪·马奎尔鄙夷地打量着迪克的新衣服说。

米琪的话里带刺，迪克一点不想逆来顺受，他准备捍卫自己的尊严。

"我混得好又怎么样？"他反驳道，"碍着你什么事了？"

"吉姆，瞧瞧他摆的臭架子，"米琪对他的同伙说，"你从哪儿弄来的衣服？"

"别管我是从哪儿弄的，是威尔士王子给我的又怎么样！"

"听听，吉姆，"米琪说，"多半是偷来的。"

"我可不会偷东西。"

迪克也许是下意识地强调了"我"字，这下可冒犯了米琪。

"你是在暗示我偷过东西吗？"他问迪克。他攥紧拳头，威胁着靠近迪克。

"我可没说这话，"迪克回答，一点儿不惧怕充满敌意的米琪，"我知道你上过两次岛，兴许你是跟着市长和议员一道去参观的，要么你就是无故遭人陷害的，我可没说你偷东西。"

米琪满是雀斑的脸涨得通红，因为迪克揭了他的老底。

"你想羞辱我吗？"他朝迪克晃晃拳头，差点打到迪克的脸，"你是想挨揍吗？"

"我可没兴趣，"迪克冷静地说，"我的体格不适合打架。

"你害怕了？"米琪讥笑道，"他是不是怕了，吉姆？"

"那是当然。"

"也许有点，"迪克镇静地回答，"可是对我影响不大。"

"你想打一架吗？"米琪挑衅地问，看到迪克没反应，便以为迪克怕了他。

"不，我不想打架，"迪克说，"我对打架没兴趣，这是种低级娱乐活动，对你的脸也没好处，尤其是你的鼻子眼睛，到时候会变成青一块紫一块的。"

米琪不了解迪克，他听迪克的口气像是个好欺负的人，也记得迪克很少参与街头的打斗。其实，迪克并不是米琪想象中的胆小鬼，他不打架是因为他头脑清醒，知道后果。而米琪和其他小混混一样争强好胜，又自以为比迪克高两英寸，就占了上风，他简直无法忍受迪克的侮辱，就企图朝迪克脸上猛击一拳，要不是迪克及时闪身，这一拳会让他伤得不轻。

虽然迪克不喜欢打架，可是也随时做好了防身的准备，他绝不会安安静静站在原地任凭别人来打他。

现在，他立刻把擦鞋箱放到地上，然后狠狠回敬了米琪一拳，把这个小流氓打得一个趔趄，差点摔倒在地，好在同伙瘸子吉姆搀住了他。

"上啊，米琪！"吉姆大喊一声，他自己是个胆小鬼，却喜欢看别人打架，"使劲揍他，这个臭小子。"

米琪正在气头上，根本用不着吉姆煽风点火，他决心要狠狠教训迪克一顿，便朝迪克猛扑过去，想把迪克掀翻在地。可是迪克身手敏捷，躲开了米琪的进攻——否则就会吃大亏——他顺势一绊米琪，米琪就马上扑倒在人行道上了。

"揍他，吉姆！"米琪愤怒地大喊。

瘸子吉姆却没有听从米琪的命令，迪克冷静的头脑和身体的力量吓住了他，他打算让米琪自作自受，不愿掺和进去，于是，他只是跑过去扶起了倒在地上的米琪。

"得了，米琪，"迪克不急不躁地说，"你最好别打了，要不是你先动手，我也不会碰你的，我不想打架，没意思。"

"你是怕扯烂了新衣服。"米琪嘲笑他说。

"有可能，"迪克说，"我也希望别扯烂你的衣服。"

米琪用又一次进攻作为对迪克的回答，这次和第一次同样凶猛。不过，他被愤怒冲昏了头脑，只顾着胡乱出拳，而迪克却轻而易举地闪到一旁，让他扑了个空。米琪用力过大，差点栽倒在地。迪克本可以利用他没站稳的时候把他打倒，可迪克却没有这样报复他，而是站在一旁防守，不到万不得已，迪克不会主动出击。

米琪站稳后，意识到迪克这个对手要比他预想的更厉害，心里便盘算怎么再次发动更猛烈的进攻，好把迪克打翻在地。不过，这时出现了意外情况。

"当心，警察来了。"吉姆低声警告他。

米琪转过身，看见一个高个儿警察朝他走来，心想最好别引起警察的注意，就拿起自己的擦鞋箱，提起裤子，和瘸子吉姆一块儿走开了。

"那家伙在干什么？"走过来的警察问迪克。

"他在和我打闹逗乐子呢。"迪克回答。

"为什么？"

"他不喜欢我找了一家和他不同的裁缝店做衣服。"

"嗯，你看上去的确和一般的擦鞋匠穿得不同。"

"我真希望自己不是个擦鞋匠。"迪克说。

"没关系，小伙子，这也是个正经职业，"这位警察说，他是个通情达理、受人尊敬的好人，"擦鞋是实诚活儿，好好干，你会有收获的。"

"我是打算好好干，"迪克说，"要另找个活儿干不容易，就像监狱里的犯人说的那样，要想换个住处可没那么容易。"

"但愿你说的这话不是你的亲身经历吧？"

"不是，"迪克说，"我可绝对不想进监狱。"

"你瞧见那边的先生了吗？"警察指着走在街对面的一位衣着考究的男士问。

"看见了。"

"他过去是个卖报纸的。"

"那他现在干什么？"

"他开了家书店，生意不错。"

迪克饶有兴趣地观察着那位绅士，想象着自己长大也能成为他那样受人尊敬的人。

看得出来，迪克越来越有志向了。从前他很少考虑将来，只满足于得过且过的日子，挣来的钱就花到吃饭和到老鲍厄里看戏上面了，有闲钱的时候还会在幕间休息时买点花生吃，碰上运气不好的时候，就只能啃干面包或苹果，睡在旧木箱或车厢里面。现在，他生平头一次开始考虑未来，不想当一辈子的擦鞋匠。再过七年，他就长大成人了。自从结识了弗兰克，他就想成为一个受人尊敬的人。他能清楚地看出弗兰克和米琪·马奎尔这类人的不同之处，他更愿意成为前者，这样的选择是理所应当的。

第二天早晨，为了实现未来的新计划，迪克走进一家银行，拿出四美元的钞票，还有一美元的零钱。银行柜台的栏杆很高，栏杆后面是许多忙碌的银行职员。迪克从没有进过银行，所以不知道该到哪个柜台去，误打误撞走到了取钱的柜台。

"您的存折呢？"柜台上的职员问。

"我没有存折。"

"您在这儿存过钱吗？"

"没有，先生，我打算现在存钱。"

"那您去下一个柜台吧。"

迪克按照指点走到下一个柜台，站在一位头发花白的老职员面前。老职员透过鼻子上架着的眼镜看了看他。

"我想请您替我存这些钱。"迪克说着笨手笨脚地把钱放到柜台上。

"有多少钱？"

"五美元。"

"您有账户吗？"

"没有，先生。"

"您肯定会写字了？"

这"肯定"二字是老职员看到迪克整洁的衣着才说的。

"我需要写什么吗？"迪克有些难堪地问。

"您要在这张存折上签名。"老职员把一张对开的存折拿给迪克看，上面写着储户的姓名。

迪克敬畏地瞧了瞧这张存折。

"我写得不好。"

"没关系，尽量写好就行。"

老职员把钢笔递到迪克手里，迪克蘸了蘸墨水，开始艰难地动笔，脸上的五官也随着手在扭曲，他终于成功地在存折上写下了自己的名字：

迪克·亨特

"迪克！那就是理查德①喽。"老职员说，他好不容易才认出迪克的签名。

"不对，人们都叫我穿破衣服的迪克。"

"您穿得并不破烂啊。"

"没错，因为我把旧衣服放在家里了，要是我老是穿旧衣服的话，它们就会穿成破衣服了。"

"好了，小伙子，既然您喜欢别人叫您迪克而不是理查德，我就在存折上写迪克·亨特这个名字。希望您多攒点钱存到我们这里。"

我们的主人公接过存折，凝视着上面写着"五美元"这几个字，心里涌起一种新感受。以前，他总喜欢拿伊利铁路的股票来开玩笑，可是，现在，他才第一次感到自己有钱了。虽然这笔钱数目很小，但对迪克来说，拥有属于自己的五美元可不是一件小事。他下定决心，要把以后节省下的每一分钱都存起

_____
① 迪克是理查德的昵称——译者注。

来，好让这笔资金越积越多。

但是，迪克非常清楚，要想成为一个受人尊敬的人，还有比金钱更重要的东西。他明白自己没有文化，对于读书和写作，还有算术，他都只懂得一点儿皮毛，他所知道的书本知识太少太少了。迪克知道自己必须刻苦学习，不过，他也畏惧学习，因为他把学习看作是异常艰难的事情。可是，事实并非如此。不过，迪克很有勇气，无论如何他都要学习，他决定用第一笔节省出来的钱去买一本书来学习。

晚上回家后，迪克把存折锁进了衣柜的一个抽屉里面。无论何时，只要他一想到抽屉里的东西，就觉得自己更独立自主了。另外，虽然只是在银行存了一小笔钱，但他却有了银行合伙人的感觉。

15
聘请家庭教师

第二天早晨，迪克的生意特别好，擦了好多双鞋子，其中一双还挣了二十五美分——那位绅士没有要迪克找零头。这件事突然让迪克想起了另一件事：前两天早晨（他在本书中刚出场的时候），他要找一位绅士的零钱还没有送去呢。

"他会怎么想我呢？"迪克对自己说，"但愿他不会以为我是故意忘了这事。"

迪克是个非常诚实的人，虽然他面临的诱惑不少，容易误入歧途，可他总能抵制住。不属于自己的钱，他分文不取。于是，他立刻朝富尔顿街125号（那位绅士给过他这个地址）走去，到了那里，他在一楼的一间办公室门上发现了格雷森先生的名字。

办公室的门开着，迪克走了进去。

"格雷森先生在吗？"他问一位坐在办公桌前高凳子上的职员。

"现在出去了，一会儿回来，您要等他吗？"

"是的。"迪克答道。

"那好，请坐吧。"

迪克坐下来，拿起一份早晨的《纽约论坛报》来读，可不久就遇到一个四音节的生词，他自己读作"sticker"，也不知对不对，也没有理会它。好在他没等多久，五分钟后，格雷森先生就回来了。

"你是来找我的吗，小伙子？"他问迪克，迪克换了新衣服，他没认出来。

"是的，先生，"迪克说，"我是来还您钱的。"

"是吗？"格雷森先生高兴地说，"真是个惊喜。我没想到你会来，你确定是你欠了我的钱，而不是我欠你的吗？"

"是我欠您的。"迪克说着从衣兜里拿出十五美分，放到格雷森先生手里。

"十五美分！"格雷森先生惊奇地重复着这个数字，"你怎么会欠我十五美分呢？"

"前天早晨我给您擦鞋，您付了二十五美分，当时您来不及等我找您十五美分零钱了。我本该早点送来的，可直到今天早晨我才想起来这件事。"

"我脑子里完全没有印象了，不过，你不像是给我擦皮鞋的孩子，要是我没记错的话，他没有你穿着整齐。"

"是这样，"迪克说，"那时，我穿的是去参加舞会的衣服，可大冷天穿那身衣服就太透风了，不舒服。"

"你是一个诚实的孩子，"格雷森先生说，"是谁教你做个诚实的人呢？"

"没别人教我，"迪克说，"做骗子和小偷可不是件光彩的事，我一直都懂这道理。"

"你比我们好些生意人都明理，你读过《圣经》吗？"

"没有，"迪克说，"我听说这是一本好书，可知道得不多。"

"你该去上主日学校，你愿意去吗？"

"好啊，"迪克立即回答，"我想成为受人尊敬的人，可不知道怎么开始。"

"我来告诉你吧，我去的是第五大道拐角处的那座教堂。"

"我见过它。"迪克说。

"我给那里的主日学校上课，如果你下周日来，我就让你到班上来学习，并且会尽量帮助你的。"

"谢谢您！"迪克说，"可是，您也许会觉得教我学习很累，我很无知。"

"没关系，小伙子，"格雷森先生和蔼地说，"你显然已经懂了好些道理，也能辨别是非，这就是个好开端了。我希望你将来能学到更多。"

"迪克，这下好了，"我们的主人公离开格雷森先生办公室后对自己说，"你在银行里有了存款，又得到邀请可以去第五大道的教堂学习，真是越来越好了。要是你回家后看到市长的名片，请你赏光与其他贵宾一起和他共进晚餐，那都不算新鲜事儿了。"

迪克觉得精神焕发，好像摆脱了从前的生活，开始了受人尊敬的新生活，他对这样的变化十分满意。

晚上六点时，迪克走进查塔姆大街上的一家餐馆，舒舒服服地享用了一顿晚餐。白天一切都进展顺利，付完账单后，他还剩下九十美分。正当他要离开餐馆的时候，有个男孩走了进来，坐在他旁边。这个男孩个头比迪克瘦小，迪克认出他是三个月前才开始擦皮鞋的新手，生性腼腆，挣不到多少钱。他和街头混的男孩们合不来，一听到他们乱开玩笑，他就会赶紧走开。迪克从没找过他的麻烦，因为我们的主人公很有些侠义心肠，绝不会欺负比自己弱小的孩子。

"福斯迪克，你还好吧？"迪克问身边的男孩。

"还行，"福斯迪克答道，"我看你也过得不错。"

"是啊，我过得好极了，我刚刚吃了一顿大餐，你想吃点什么？"

"来点面包和黄油就行了。"

"不来杯咖啡吗？"

"算了，"福斯迪克有些为难地说，"今晚我的钱不够。"

"没关系，"迪克说，"我今天运气挺好，我请客吧。"

"你真好。"福斯迪克感激地说。

于是，迪克点了一杯咖啡和一盘牛排，看到小同伴吃得津津有味，他觉得很开心。两人吃完饭，迪克到柜台付了饭钱，他们一起来到大街上。

他们站在人行道上，迪克便问："福斯迪克，你今晚在哪儿睡觉呢？"

"不知道，"福斯迪克有点难过地回答，"我想就在哪个门洞里睡吧，不过，我担心警察看到，会把我赶走的。"

"我来安排，"迪克说，"你跟我回家吧，我想我的床能睡下两个人。"

"你有自己的房间了？"福斯迪克惊奇地问。

"当然，"迪克有些骄傲地回答，我们可以理解他的心情，"我在莫特街租了一间房，可以接待我的朋友。睡在我那儿可比睡大门口强，对吧？"

"没错，那是肯定的，"福斯迪克说，"遇到你我真是太幸运了！我现在的日子真是太艰难了。原来我爸爸活着的时候，我也过得很幸福。"

"你比我强多了，"迪克说，"可是，我现在打算要努力过上幸福日子。你爸爸死了吗？"

"是的，"福斯迪克难过地说，"他是个印刷工，可惜的是，一天晚上，他从富尔顿的渡船上掉到河里，淹死了。我在城里没有亲戚，也没有钱，只能靠自己干活挣钱，能挣多少算多少，可是，我一直挣不了多少钱。"

"你没有兄弟姐妹吗？"迪克问。

"没有，"福斯迪克回答，"就只有爸爸和我一起生活。他总是陪着我，没有他，我觉得很孤单。有个去西部的家伙欠了爸爸两千美元，那家伙以前住在纽约，爸爸把所有钱都借给他做生意，可他的生意失败了，他也逃跑了，也许他是假装失败骗我们的。要是爸爸没有借钱给他，就会把钱全留给我了。不过，再多的钱也比不上有爸爸的好处。"

"卷跑你爸爸钱的那人叫什么名字？"

"海勒姆·贝茨。"

"但愿有朝一日你能拿回那笔钱。"

"不太可能，"福斯迪克说，"要是你给我五美元，我就把这个机会让给你。"

"也许我真会买下来呢。"迪克说，"我们这会儿去瞧瞧我的房间吧。以前，我晚上一有钱就喜欢去看戏，现在，我宁愿早点上床，美美地睡上一觉。"

"我不太喜欢看戏，"福斯迪克说，"从前爸爸不怎么带我看戏，他说看戏对男孩子不好。"

"我有时喜欢去老鲍厄里，那儿的戏好看极了。你会读书认字吗？"迪克心中灵光一闪，问道。

"会啊，"福斯迪克说，"我爸爸活着的时候一直供我上学，我在班上成绩很不错。我本来明年该去读纽约免费学院 ①。"

"我想到一个好办法，"迪克说，"我们做个交易吧。我大字不识几个，写字更是一团糟。我不愿自己长大后还不如一个四岁大的小孩懂得多。要是你每晚肯教我读书写字，就可以和我一起住，这总比睡在台阶上或旧木头箱子里好，我知道那滋味不好受。"

"你说的当真？"福斯迪克问，他的脸上泛起了希望之光。

"当然是真的。"迪克说，"年轻绅士们都流行找个家庭教师，好带领他们学习文学和科学，我为什么不跟上这个潮流呢？你来当我的老师好了。不过你要发誓，要是我的字写得像鸡爪的话，你别对我太凶了。"

"我会争取宽容点。"福斯迪克笑着说，"能有机会睡在床上，我很感激。你有什么书可读的吗？"

"没有，"迪克说，"我那座拥有好多精美藏书的图书馆被风暴冲走了，当时我正好从桑威奇群岛朝撒哈拉大沙漠游呢。买张报纸就行了，那上面的东西就够我读的了。"

于是，迪克在一个报摊上买了一份周报，上面有各种可读的故事、短文和诗歌等。

他们来到迪克的住处，迪克从女房东那儿拿来一盏灯照亮，他摆出一副主人的架势，领着福斯迪克进入了他的房间。

"你认为这里怎么样，福斯迪克？"他得意扬扬地问。

① 纽约市立大学的前身——译者注。

福斯迪克本想说房间不整洁，也没有特别吸引人的地方，可是，他现在刚开始在大街上靠擦鞋为生，能有个遮风避雨的地方已经很满足了，所以，他没有说一句不好听的话。

"这里看上去很舒适，迪克。"他这样说。

"这张床不大，"迪克说，"可我想还是能挤得下我们俩。"

"没错，"福斯迪克兴奋地说，"我占不了多大地方。"

"好吧，你瞧，屋里有两把椅子，你一把，我一把，要是市长晚上来拜访我们，就让他坐在床上好啦。"

两个男孩一起坐下来，五分钟后，在这位年轻的家庭教师的指导下，迪克便开始学习了。

迪克的第一课

迪克很幸运，遇到了一个合格的年轻家庭教师。尽管亨利·福斯迪克只有十二岁，但他总是勤奋好学，喜欢超越他人，所以他学的知识不比十四岁的孩子少。他父亲是一家出版书籍的印刷厂的工人，常常把待装订的新书带回家，亨利很喜欢阅读这些书。福斯迪克先生也曾是技工学徒图书馆的会员，这家图书馆藏有数千本精选的好书，亨利通过这些途径获得了许多知识，超过了他的同龄人。他花在学习上的时间太多了，所以不如别的孩子强壮。不过，这一切却使他能胜任迪克提供的这个职位——私人教师。

两个男孩把椅子拉到破桌子旁，把报纸打开来放在桌上。

"开始上课时都会打铃的。"迪克说，"可是我没有铃铛，只好算了。"

"老师上课时还有根教鞭呢。"福斯迪克说，"不是有把火钳吗？要是我的学生不用心，我就可以用它当教鞭了。"

"使用武器是违法的。"迪克申辩道。

"好了，迪克，"福斯迪克说，"我们开始之前先要知道你会些什么。你会阅读吗？"

"你别拐弯抹角地问了，"迪克说，"我认识的字用十个指头来数就足够了。"

"我想二十六个字母你都认识吧？"

"认识，"迪克说，"我都认识它们，但可惜不熟，大致能念得出来。"

"你是在哪儿学的？你不是没上过学吗？"

"我去过两天。"

"为什么又不去了呢？"

"上学对我身体不好。"

"你身体看起来不弱啊。"福斯迪克说。

"不是你想的那样，"迪克说，"我身体还不错，我是不喜欢挨打。"

"老师惩罚你了？"

"打得很厉害。"迪克说。

"为什么打你？"

"因为我搞了些恶作剧。"迪克说，"我同桌的男孩睡着了，我想上课时可不该睡觉，所以就想帮老师的忙去弄醒他。我用别针戳了戳他，可能戳得太狠了点，他大叫起来，老师听到了，弄清楚是我干的，就用尺子把我打得鼻青脸肿的。我想干脆给自己放假算了，就没再回学校。"

"当时你还没学会阅读，对吗？"

"对，"迪克说，"不过，后来我当过一阵报童，学了一点，只是为了读懂新闻标题。有时我读不懂，就会闹笑话。有天早晨，我问另外一个家伙，报上有什么新闻，他说非洲国王死了，我以为是真的，就大声叫卖，结果被人嘲笑了一通。"

"好了，迪克，如果你用心学习，就不会犯这种错误了。"

"我也希望是这样，"迪克说，"我的朋友霍勒斯·格里利曾经告诉我，要是我受过教育的话，他就会让我偶尔在他演讲时去接替他的工作。"

"我得找篇好文章让你开始学习。"福斯迪克浏览起报纸来。

"找篇简单点的，"迪克说，"最好是讲故事的。"

福斯迪克终于找到一篇自认为合适的文章，让迪克试着读读，结果发现迪克刚才真没夸张，两个音节的单词他都很少能读正确，当听到他读"through"的时候，福斯迪克真吃了一惊。

"你好像把有些字母都扔掉了。"他说。

"你是怎么拼写的？"年轻的老师又问。

"T-h-r-u。"迪克回答。

"我告诉你,"福斯迪克说,"还有好多生词也是这种情况,组成这些词的字母比要发音的字母更多,这是规则,我们必须遵守。"

虽然迪克没读过什么书,可他很聪明,学得快,也有恒心,不会轻易放弃。他已经下定决心,要刻苦学习,就不会抱怨学习中遇到的困难。福斯迪克不止一次嘲笑过迪克犯的荒唐错误,迪克也会跟着笑。总的来说,他们两人学得相当愉快。

一个半小时后,课程结束了。

"你学得挺快,迪克,"福斯迪克说,"按照这个速度,要不了多长时间,你就能学会读书了。"

"真的吗?"迪克满意地问,"太好了。我可不想当个文盲,我过去不在乎,现在可不一样,我想成为一个受人尊敬的人。"

"我也是这样想的,迪克。我们互相帮助吧,我相信我们会出人头地的,可我现在有点困了。"

"我也是,"迪克说,"这些难懂的生词弄得我头疼,不知道是谁发明的这些词?"

"这我就不清楚了,我想你看到过字典吧?"

"字典,这又是一个让我头疼的字眼。我没见过,要是我在大街上见过它,我也不认识它呀。"

"字典是一本书,里面包含着一门语言的所有单词。"

"一共有多少单词呢?"

"我也不知道准确数字，不过，我想大概有五万个吧。"

"好大一家子！"迪克说，"我都得学吗？"

"那倒不必，有好多单词你永远都用不上。"

"还好，"迪克说，"我想这辈子活不过一百岁吧，到那时候，我可能还没学到一半呢。"

这时，桌上摇曳的灯光提醒两人动作要快，否则就只有摸黑上床了。于是，他们赶紧脱掉衣服。迪克立即跳上床，可是，福斯迪克却没有立刻上床，而是跪在床边，做了一个短短的祷告。

"你在干吗呢？"迪克好奇地问。

"我在祈祷呢，"福斯迪克仍跪在地上说，"你不祈祷吗？"

"不，"迪克回答，"没人教过我。"

"我来教你吧，好吗？"

"我不清楚，"迪克疑惑地说，"祈祷有什么好处？"

福斯迪克尽自己所能向迪克进行解释，也许因为他比大人说得简单，才让迪克更容易明白。迪克觉得，不管多么幼稚的问题都可以向福斯迪克请教，这位新朋友就像他的榜样似的，并让他产生了一种温暖的依恋之情。接着，福斯迪克又问迪克愿不愿意学祈祷文，迪克同意了，这位小室友就立即教他祈祷。迪克从小没有宗教信仰，在他的生活中缺乏上帝的指引。像他这样的孩子，小小年纪便自谋生路，又没人关心他、给他忠告，竟能长大并追求上进，这真是一件令人惊奇的事情。好在他一直是个好孩子，也能看到别人身上的优点，正是这些把他先带到了弗兰克身边，又让他现在遇到了亨利·福斯迪克。他并不像其他出身好的孩子那样嘲笑自己的同伴，而是乐意学习榜样身上的优点。我们的主人公已经迈出了重要的一步，离他决心要过的真正的受人尊敬的生活又近了一步。

迪克白天干活很累，再加上动脑筋学习就更累了，所以两个男孩不久就沉沉睡去，一直睡到第二天早晨六点才醒。离开公寓前，迪克找到穆尼太太，对她讲他要请福斯迪克来做室友，穆尼太太没有反对，只是让他每周多交二十五美分，因为多一个人住房东就会多做一些杂活。迪克同意了。这个问题得到了圆满解决。

随后，两个男孩便到大街上擦鞋去了，他们彼此离得不远。迪克的生意要比亨利·福斯迪克好，门路也多，因此收入也比亨利多。不过，迪克还要负担房租，需要多挣点钱。如果他同时有两个顾客的话，就会介绍其中一个给朋友亨利。最后，这个星期结束时，两个人手头都有了盈余。迪克的银行账户上又存了二点五美元，福斯迪克也办了一个存折，还存了七十五美分进去。

星期日早晨，迪克想起了曾答应格雷森先生，要去第五大道的教堂。说实话，迪克有点后悔许下了这个承诺，从记事起，他就从没进过教堂，格雷森先生的邀请对他没什么吸引力。可亨利不同，他看到迪克还在犹豫，就鼓励他，还答应陪他一起去教堂。迪克很高兴有朋友相伴，在这种特殊场合他需要得到同伴的支持和鼓励。

出发前，迪克精心装扮了一番，把鞋子擦得锃亮，这为他增光不少，他还特意彻底清洁了双手，尽管他洗了又洗，两只手还是不太白，这是他的职业给双手留下的印记。

梳洗完毕，他和亨利来到大街上，肩并肩朝百老汇走去。

两人走在街上，发现今天的街景和平日完全不同，没有了以往的嘈杂拥挤，他们走到联合广场，又转到第十四街，这条街通向第五大道。

"但愿我们有一天能在德尔莫尼可饭店吃一顿饭。"福斯迪克望着这家著名的餐厅感叹道。

"只要卖掉我的伊利铁路股份就行了。"迪克说。

又走了一小段路，他们来到了格雷森先生说的教堂。两人站在教堂外，看着衣着入时的人们进入教堂，觉得有些不好意思，犹豫着该不该进去。这时，迪克感到有人拍了拍他的肩膀。

他转过身，看到了一脸微笑的格雷森先生。

"年轻的朋友，你倒是信守了诺言，"格雷森先生说，"和你一起来的这位是？"

"我的一位朋友，"迪克说，"他叫亨利·福斯迪克。"

"很高兴你们一起来，跟我进去吧，我给你们找两个位子。"

17

迪克初登
社交场合

现在是做晨祷的时候，格雷森先生带着两个男孩走进庄严宏伟的教堂，让他们在自己的长椅上坐下。

长椅上已经坐了两个人，一位是优雅的中年女士，另一位是个九岁大的小姑娘，她们是格雷森太太和他们的独生女艾达，两人友好地望着两个男孩，微笑着欢迎他们。

晨祷开始了，迪克觉得很不自在。教堂对他来说是个陌生的地方，他就像一只被困在陌生阁楼上的猫一样难受。他只有观察别人的一举一动，并且学着他们的样子做，否则就根本不知道什么时候该站起身来。迪克挨着艾达坐，这是他第一次坐在一位衣着讲究的女孩旁边，因此感到十分局促不安。开始唱赞美诗了，艾达找到了所唱的赞美诗，还递了一本诗集给迪克。

迪克忙接过来，可是，他还没有学会足够的单词来读这些赞美诗。不过，他决心表面上不能露出不懂的样子，就一直目不转睛地看着赞美诗集。

晨祷终于结束了，人们慢慢走出教堂，格雷森一家和两个男孩也在其中。迪克看着身边这些人，他们和自己平时的伙伴截然不同，他不禁想："要是约翰尼·诺兰看到现在的我会说什么呢？"

可惜，约翰尼不常来第五大道招揽生意，迪克也不大可能在这里遇到生活在贫民区的伙伴们。

"我们下午要去主日学校，"格雷森先生说，"我猜你住的地方离这里有点远吧？"

"我住在莫特街，先生。"迪克答道。

"你要是先回莫特街然后再过来就太远了，不知你和你朋友是否愿意和我们一家吃午餐，然后下午再一起回教堂呢？"

听到这个邀请，迪克一下子愣住了，仿佛是听到市长在请他和市政委员会共进午餐似的。显然，格雷森先生是个富商，他却诚恳地邀请两个擦鞋匠和他一起吃饭。

迪克迟疑地说："我想我们还是回去吃饭吧，先生。"

"我看，你们没有什么要处理的急事会影响你们接受我的邀请吧，"格雷森先生很幽默地问，他能理解迪克迟疑的原因，"我就当你们两位都同意了。"

迪克还没想出该如何作答，就发现自己已经和新朋友们一起沿着第五大道走下去了。

我们的主人公本来不是个生性腼腆的人，不过，他这会儿真是觉得浑身不自在，尤其在发现艾达小姐选择和他并肩走路，而让亨利·福斯迪克和她父母一起走的时候。

艾达快活地问："你叫什么名字？"

我们的主人公正要用"穿破衣服的迪克"这个绰号来回答她时，他突然想到，在眼前这个同伴面前，他最好别提这个老绰号。

"我叫迪克·亨特。"他这样答道。

"迪克！"艾达重复了一遍，"那就是理查德喽，对吧？"

"人人都叫我迪克。"

"我有个表兄也叫迪克，"小姑娘和气地说，"他全名叫迪克·威尔逊，你认识他吗？"

"不认识。"迪克答道。

"我喜欢迪克这个名字。"小姑娘的话非常坦诚，让人感动。

不知为什么，听到艾达喜欢自己的名字，迪克很高兴。他鼓起勇气，问她叫什么名字。

"我叫艾达，"小姑娘说，"你喜欢这名字吗？"

"当然，"迪克说，"这名字不赖。"

说完这话，迪克的脸腾地红了，因为他意识到自己不该说"不赖"这样粗俗的字眼。

小姑娘发出一阵银铃般的笑声。

"你真有趣啊！"她说。

"我不是那个意思，"迪克结结巴巴地解释，"我是说你的名字挺好。"

艾达一听，又笑起来，迪克窘得直想逃回莫特街去。

"你多大了？"艾达继续问。

"我十四岁，快到十五岁了。"迪克说。

"你个子真高，"艾达说，"我表哥迪克比你大一岁，可个子没你高。"

迪克听了这话很高兴，男孩子都喜欢听别人夸自己个子高。

"你多大了呢？"迪克开始感觉好受多了。

"我九岁了，"艾达说，"我在贾维斯小姐的学校上学，现在刚开始学法语，你懂法语吗？"

"我一个字都不认识。"迪克说。

艾达又笑了，她说迪克是个幽默有趣的男孩。

"你喜欢法语吗？"迪克问。

"除了动词之外都喜欢，我老是记不住动词，你也在上学吗？"

"我在跟一位家庭教师学习。"迪克说。

"是吗？我表哥迪克也是，他今年就要读大学了，你也要去上大学吗？"

"我今年不去。"

"如果你今年也上大学，也许会和我表哥同班呢。一个班上有两个迪克，真好玩。"

他们转到了第二十四街，从左边的第五大道酒店经过，来到一处精致的住宅，房子正面是用褐色的石料修建的。门铃一响，门就打开了，两个男孩虽然感觉有些尴尬，还是跟着格雷森先生走进了富丽堂皇的客厅。他们在指定地点挂好帽子，过了片刻，又被引到一个舒适的餐厅，这里已经准备好一桌午餐了。

迪克在沙发边上坐下，想揉揉眼睛，好确认自己是不是在做梦。他真不敢相信眼前的一切，自己居然成了这所华丽住宅里的客人。

艾达帮助他们放松了紧张的情绪。

她问："你们喜欢绘画吗？"

亨利回答："很喜欢。"

小姑娘拿出一本漂亮的版画册，坐在迪克身旁，让他欣赏一张张版画，看来她对迪克很有好感。

"这些是埃及的金字塔。"她指着一张版画说。

"金字塔是用来干什么的？"迪克迷惑不解地问，"我怎么看不到楼梯呢？"

"金字塔上没有楼梯，"艾达说，"我想没人住在里面吧，是吗，爸爸？"

"你说得对，亲爱的，金字塔是用来埋葬过世的法老的，据说其中最大的一座金字塔是全世界第二高的建筑，如果我没记错的话，斯特拉斯堡大教堂的尖顶比它高二十四英尺，是世界第一。"

"埃及离这儿近吗？"迪克问。

"哦，不近，它离我们有好多英里远呢，大概有四五百英里远吧，你不知道吗？"

"不知道，"迪克说，"我从没听过这地方。"

"艾达，你说的距离好像也不准确，"艾达的妈妈忙纠正女儿，"应该更像是四五千英里远。"

他们又聊了几句便开始吃饭。迪克手足无措地坐着，生怕自己的一举一动会有失礼之处，他还有一种不安的感觉，仿佛所有人都在盯着他看。

"迪克，你住在哪里？"艾达亲热地问。

"我住在莫特街。"

"那是在什么地方？"

"离这儿有一英里多路吧。"

"那条街漂亮吗？"

"不太漂亮，"迪克说，"街上住的都是穷人。"

"你也是穷人吗？"

"小姑娘在餐桌上要守规矩，别乱说话。"她妈妈温柔地纠正她。

"如果你是穷人，"艾达继续说，"我要送你一块五美元的金币，是姑姑送我的生日礼物。"

"不能叫迪克穷人，孩子，"格雷森太太说，"因为他是一个靠自己双手挣钱谋生的人。"

"你是靠自己挣钱谋生的吗？"艾达是个爱问问题的女孩，要她保持安静可不容易，"你是做什么的呢？"

迪克羞红了脸，他们坐在这样漂亮的餐桌旁，椅子后面还站着用人，他实在不愿说自己是个擦鞋匠，虽然他也深知这个职业不丢人。

格雷森先生理解迪克的感受，为了不让他们难堪，便打岔道："艾达，你的问题太多了，以后迪克会告诉你的，你要记住，星期天是安息日，我们不应该讨论工作的事情。"

在这样的困窘中，迪克喝下了一大勺热汤，脸变得更红了。虽然他面前摆着有生以来吃过的最好的饭菜，可他的内心却再次涌起了逃回莫特街的想法。与迪克相比，亨利·福斯迪克的表现要自然得多，因为他不久前才开始过无人照管的流浪生活。不过，艾达喜欢迪克直率又英俊的模样，总是拉着迪克提问。我相信我已经告诉过读者们，迪克长得很英俊，尤其是在他洗了脸之后显得更帅气了。他脸上直率诚实的表情更能赢得与他接触过的人的好感。

迪克学着别人的样子吃完了午饭，没出洋相，算是顺利过了一关。可是，有一件事他做不好，那就是用叉子吃饭，他认为这是一种奇怪的安排。

终于，他们吃完饭，起身离开餐桌，迪克感到如释重负。

艾达的目标还是两个男孩，她拿出一本插图繁多的《圣经》让他们阅读。尽管迪克对书的内容不太了解，却对里面的插图很感兴趣。如我们所料，亨利·福斯迪克比迪克更懂《圣经》一点。

等两个男孩要跟格雷森先生去主日学校的时候，艾达握着迪克的手，亲切地说："你会再来吧，迪克，对吗？"

"谢谢你，"迪克说，"我会再来的。"他忍不住想，艾达是他见过的最好的女孩。

"对，"格雷森太太热情地说，"我们非常希望能再次见到你们。"

"非常感谢，"亨利·福斯迪克感激地说，"我们很喜欢来这里做客。"

我们不用多费笔墨描述他们在主日学校的情况，以及格雷森先生如何对他的班级介绍两个男孩的过程。格雷森先生发现迪克在宗教方面几乎一无所知，便觉得自己有义务从头讲起。迪克对孩子们唱的赞美诗很感兴趣，马上答应下周日还会再去。

主日学校的课程结束后，迪克和亨利朝家里走去。迪克的思绪还萦绕在那个甜美可爱的小姑娘身上，她是多么热情洋溢地欢迎他们啊，真希望还能再次见到她。

"格雷森先生是个好人，是吧，迪克？"亨利问。他们就要走进莫特街，已经能看到他们的住处了。

"难道不是吗？"迪克说，"他把我们当作年轻的绅士来对待。"

"艾达好像很喜欢你。"

"她是个很好的姑娘，"迪克说，"可是，她问了我那么多问题，我都答不上来。"

迪克刚说完这话，就看见一块石头"嗖"的一声朝他头上飞来，他迅速闪身，便看见米琪·马奎尔正转过他们刚才拐弯的街角。

米琪·马奎尔的
第二次失败

迪克不是个懦夫，也没有任凭别人欺负的习惯，所以，他一认出暗害自己的是米琪，就立即扭头去追。米琪料到迪克会来追他，跑得脚下生风。迪克追得上米琪，这毫无疑问，雪上加霜的是，米琪跑进一条窄窄的小巷时，猛地摔倒了，又被迪克扔过来的石头痛打了一下，疼得他尖叫起来。

"哎哟！别人摔倒的时候不准朝他扔石头。"米琪呻吟着说。

"你为什么朝我扔石头？"迪克盯着倒在地上的坏蛋，质问他。

"我是逗你玩的。"米琪辩解道。

"要是石头砸到我可就没什么好玩的了，"迪克说，"要不我找块大石头砸你头上，看看好不好玩。"

"别！别！"米琪惊恐地叫道。

"你好像不喜欢让人愉快的惊喜啊，"迪克说，"就像是有人在早饭前迷上了一个美人，他的胃口却没有变好一样。"

"我的胳膊都摔断了。"米琪揉了揉受伤的胳膊，可怜巴巴地说。

"要是你的胳膊断了，你就没法再扔石头砸人了，这可是个好消息，"迪克说，"要是你没钱去买一根木头胳膊的话，我可以借给你二十五美分。木头胳膊还有个好处，冬天不怕冷，这又是一个好消息了。"

"我才不想听你的什么好消息呢，"米琪绷着脸说，"你不要待在这儿了，快走。"

"谢谢你礼貌地请我离开，"迪克彬彬有礼地鞠了一躬说，"我准备走了，不过，米琪·马奎尔，要是你再冲我扔石头，我一定会好好揍你一顿，打得你找不着北的。"

倒地不起的米琪只能用一脸怒气作为回应，显而易见，迪克占了上风，米琪认为自己最好闭上嘴。

"外面还有个朋友在等着我，我得走了，"迪克说，"米琪·马奎尔，你最好别再扔石头了，要不然对你自己没一点好处。"

米琪嘟囔了几句，迪克没有听见，他警惕地观察着地上的敌人，慢慢退出了小巷，回到还在等他的亨利·福斯迪克身边。

"他是谁，迪克？"亨利问。

"一个特别的朋友，叫米琪·马奎尔，他朝我头上扔石头，是想和我亲近亲近，他对我就像兄弟一样亲热。"迪克说。

"我认为他是个危险的朋友，你刚才差点被他害死。"福斯迪克说。

"我已经警告他了，下次不准再这样和我套近乎了。"迪克说。

"我认识他，他是五分区那群混混的头儿。有一次，有位先生没让他擦皮鞋，而让我擦，他就威胁说要打我。"亨利·福斯迪克说。

"他因为偷东西被送到岛上的监狱有两三次了。"迪克说，"我想他不敢再碰我了，他只能吓唬吓唬小孩子。福斯迪克，要是他敢欺负你，你就告诉我，我会揍他一顿的。"

迪克说得对，米琪·马奎尔是个坏蛋，和其他坏人一样，他不敢去招惹力气和他一般大或是比他更强壮的人。虽然他觉得迪克在摆臭架子而对迪克恨之入骨，可是，他又不会忘记，自己没有力量和胆量去找迪克单挑。后来，他一见到迪克，就只敢对迪克横眉怒视，再不敢动手。迪克却很理性地看待他的举动，迪克想："要是这样能让米琪好受一点，就随他去吧，反正瞪我两眼我也不会少一根头发。"

随后几周发生的事情不必多说。迪克开始了新的生活，不再流连老鲍厄里的戏院，连托尼·帕斯特的马戏也对他失去了往日的吸引力。他每晚都花两个小时学习，取得了惊人的进步。

他头脑灵活，又渴望接受教育以便成为自己梦想中"受人尊敬"的人。迪克的进步也归功于亨利·福斯迪克的耐心指导和不懈努力，他是一位优秀的老师。

一天晚上，迪克读完了一整段文章，没犯一个错误，亨利对他说："你的进步真是惊人啊！"

"是吗？"迪克得意地问。

"当然了，如果明天你去买一本习字簿，我们明晚就可以开始练习写字了。"

"亨利，你还懂些什么？"迪克问。

"我还懂算术、几何，还有语法。"

"天啊，你真是个万事通！"迪克羡慕地说。

"我也不是十分精通，只是学过这些东西，我希望自己能学到更多。"

"我要是能学成你那样，就谢天谢地了。"迪克说。

"迪克，你现在觉得这些知识很多，可再过几个月，你的想法就会不同了。你学到的知识越多，就越想学更多东西。"

"这样说起来，学习有尽头吗？"迪克问。

"没有。"

"得了，等我学完所有知识，我猜我肯定都有六十岁了。"

"没错，可能真有那么老了。"福斯迪克笑着说。

"不管怎么说，你懂的东西不少，你不该只当个擦鞋匠，像我这种无知的家伙才该干这行。"

"你很快就不再是无知的人了，迪克。"

"你应该找一份办公室或会计事务所的活儿干。"

"但愿能找到这样的工作。"福斯迪克期盼地说，"我不是个一流的擦鞋匠，你的顾客比我多得多。"

"那是因为我不怕丢面子，"迪克说，"我不像你那么爱面子，我总是守在大街上，就像小狗守着它的骨头一样。你还是别擦鞋了，福斯迪克，你该想法子找一个和商业有关的工作。"

"我考虑过另外找个工作，"福斯迪克说，"可是，我穿得破破烂烂的，没有人愿意雇我。"说完，他瞅了瞅身上那套磨破的衣服。虽然他尽量保持整洁，可不管他多么当心，衣服上还是留下了污渍——斑斑点点的鞋油印，这些污渍是他这个擦鞋匠的活广告，可是，对提升他的形象没有丝毫好处。

"上周日，我差点想躲在家里，不去主日学校了，"他继续说，"因为我觉得人人都注意到我穿的这身又脏又旧的衣服了。"

"要不是我的衣服比你的大两号，我会和你换着穿的。要是你穿上我的衣服，别人会以为你穿的是你爸爸的衣服呢。"

"你太慷慨了，迪克，还想到把衣服借给我穿，"福斯迪克说，"你的衣服比我的体面，可是，你如果穿我的衣服就太不合身了。我的裤子连你的腿都遮不全，别人会笑话的，还有，你也不能敞开胃口大吃，那样会把背心纽扣都绷掉的。"

"换衣服是不太方便，"迪克说，"我也不喜欢露出我的漂亮脚趾来，不过，"他想了想，说，"我们在银行里存了多少钱了？"

福斯迪克从口袋里掏出一把钥匙，打开放存折的抽屉，取出存折来查看。

迪克的存折上有十八美元九十美分，福斯迪克有六美元四十五美分。两人存款数目有较大差异，那是因为迪克把惠特尼先生送他的五美元先存了进去。

"一共有多少钱呢？"迪克问，"我算术不太好，你知道的。"

"一共是二十五美元三十五美分，迪克。"福斯迪克说。他不清楚迪克问这个问题的含义。

"把钱都取出来去买些衣服，亨利。"迪克立即说。

"什么，也包括你的钱吗？"

"当然。"

"不行，迪克，你太慷慨了，我简直没想到。你的钱占了全部的四分之三，你还是留着自己花吧。"

"我不需要。"迪克答道。

"你现在可能用不着，可将来会需要的。"

"以后我会再挣的。"

"也许是这样，可是，让我用你的钱太不公平了，迪克。我还是多谢你的好意。"

"那好，算我借给你吧，"迪克坚持说道，"你以后要是成了富商，再还给我吧。"

"不过，我不大可能成为有钱人。"

"你怎么知道？我曾经遇到过一个算命的，她告诉我，我出生时有福星高照，长大后会遇到一个有钱的朋友，这个人会给我带来好运。我猜你准会成为有钱人。"

福斯迪克笑了，可仍旧谢绝了迪克的好意。直到最后，迪克看到他不肯接受自己的提议，脸上露出了怏怏不乐的表情。福斯迪克看到让朋友失望了，才终于答应借迪克的钱去买衣服。

迪克又变得乐呵呵的了，他怀着极大的热情参与到朋友的计划中。

第二天，他们从银行取了钱，等到下午生意不太忙的时候，便准备去找服装店买衣服。迪克太了解纽约了，知道上哪儿能买到物美价廉的衣服。他决心让福斯迪克买一套好看又耐穿的衣服，即使把钱花光了都不要紧。结果，他们花了二十三美元给福斯迪克买了一套十分漂亮的衣服，包括一件衬衣、一顶帽子、一双皮鞋，还有一套质量上乘的深色西服。

"我把衣服送您家里去吧？"店员问，迪克付款时的潇洒派头给他留下了深刻印象。

"谢谢您，"迪克说，"您想得太周到了，不过，我想自己带回家，不用麻烦你们了。"

店员笑着说："好的，等您下次光临的时候我再替您效劳。"

一回到莫特街的公寓后，福斯迪克立刻试穿了新衣服，十分合身，迪克也对朋友的新装感到非常满意。

"你看上去就像一个富家少爷，"迪克说，"你会给你老板增光的。"

"你说的老板就是你吧，迪克。"福斯迪克开玩笑说。

"你没错。"

"应该说你说得没错。"由于福斯迪克是迪克的私人教师，总会不时纠正他犯的语言错误。

"你胆敢说你老板错了？"迪克装出愤怒的样子说，"'我要扣掉你一个先令，你这个小崽子。'老鲍厄里戏院演的那部戏里的侯爵就是这样骂他侄子的。"

福斯迪克
换了工作

福斯迪克擦鞋的时候不敢穿新衣服，他觉得那样太浪费了。早晨十点左右，等生意清淡一点了，他就回家换上新衣服，然后到一家酒店去，在酒店读《纽约先驱报》或《太阳报》上的招聘广告，记下需要雇佣男工的地方，再去一一应聘。不过，他发现找工作并不容易，有好多男孩都没有工作，一个职位就有五十到一百人去应聘。

福斯迪克还面临着另一个困难：招工的地方一般都要求男孩要跟父母同住。一问到福斯迪克的时候，他只能告诉对方自己没有父母，在街头谋生，这就给了雇主拒绝他的充分理由。商人们不会信任一个在外流浪的孩子。善于应付麻烦的迪克想了一个办法，说他去借一顶白色的假发，就可以装成福斯迪克的爸爸或是爷爷了。不过，亨利认为要演这样的角色对迪克来说太难了。在找了五十次工作，又被拒绝了同样的次数后，福斯迪克开始灰心了，看来，他没法摆脱现在这个不适合自己的工作了。

一天，他沮丧地对迪克说："我想，我可能要当一辈子的擦鞋匠了。"

迪克对他说："沉住气，等你有一天成了白头发的老师傅，说不定能在鲍厄里街上的哪家大商行找个跑腿的差事，这样一想就高兴了。"

迪克总是爱和他开玩笑，一直用乐天的精神给他鼓劲。

"至于我，我希望到那时我已经靠擦鞋挣了一大笔钱，在哪条大道上过着王子一样的生活。"

一天早晨，福斯迪克在法国酒店里的《纽约先驱报》上看到了一则广告，广告是这样写的：

本店招聘一名男工

要求：聪明能干，手脚勤快，能很快熟悉并开展帽店业务，起薪每周三美元。

面试时间：上午十点以后

地点：百老汇大街帽店

福斯迪克决定去应聘这份工作。市政厅的大钟刚敲了十下，他便朝广告所说的帽店赶去，这家商店离埃斯特饭店只有几个街区。

他一眼就看到了帽店，因为它的门口排着一条长龙，差不多有十几二十个男孩来应聘。他们都在斜着眼睛打量其他人，认为别人都是自己的竞争对手，心里还在盘算着自己和对方胜算的机会有多大。

"我的希望不大，"福斯迪克对陪他来的迪克说，"瞧瞧这些人，我猜他们大多来自良好的家庭，还有可靠的介绍人，我却没一个能替我说说好话的推荐人。"

"别担心，"迪克安慰他说，"你和他们的机会都是一样的。"

两人谈话的时候，前面的一个男孩突然转过身来——他穿着一身体面的衣服。他的衣着和出身让他自我感觉十分良好，脸上摆出一副傲慢的神情。

他说："我以前见过你。"

"哦，是吗？"迪克假装没听懂，说，"说不定你以后也想见我呢。"

听到这个意外的回答，所有人都忍不住捧腹大笑，只有提问的人没笑，显然，他认为迪克伤了他的自尊。

"我曾经在什么地方见过你。"他又改用肯定的语气说。

"很有可能，我总在什么地方。"迪克回答。

人群中又爆发出一阵笑声，依然只有这位叫作罗斯韦尔·克劳福德的年轻绅士没笑。不过，他已经做好了报复的准备，没有人喜欢成为被人嘲笑的对象，他对自己的反击是很有信心的。

"我知道你有多么粗俗，你只不过是个擦皮鞋的。"

这话让一旁的男孩们吃惊不小，因为迪克穿着得体，身边也没有带擦鞋用的工具。

"我是擦鞋匠又怎么样？"迪克说，"你有什么意见吗？"

"没意见，"罗斯韦尔撇着嘴说，"只不过，你最好老老实实擦鞋去吧，别想到商店来找活儿。"

"谢谢你的好建议，"迪克说，"不知道你的建议是免费的呢，还是要付钱的？"

"你真是个粗人。"

"这话听上去不错。"迪克仍然镇静地回答。

"你想得到这份工作吗？来应聘的可都是绅士的孩子，你一个擦鞋匠也想到商店工作？真是个笑话。"

孩子和大人一样，都是自私的，来找工作的男孩们把迪克看成一个潜在的对手，所以，他们好像和罗斯韦尔持相同观点。

"我也是这样认为的。"一个男孩附和说。

"别自寻烦恼了，"迪克说，"我又不是来和你争的，我才不会为了一份一星期三美元的工作而放弃我又轻松又来钱的活儿。"

"听听他说的，"罗斯韦尔·克劳福德冷笑着说，"如果你不是来找工作的，你到这儿来干吗？"

"我是陪朋友来的，"迪克指着福斯迪克说，"是他要到这儿来工作。"

"他也是个擦鞋匠吗？"罗斯韦尔傲慢地问。

"他！"迪克骄傲地反驳道，"你不知道他爸爸是国会议员吗？他爸爸和美国所有的大人物都熟得很吗？"

男孩们打量着福斯迪克，仿佛弄不清是否该相信迪克的话，因为迪克这番话显然不是一个肯定句，而是一个问句。不过，他们没时间再讨论了。这时，帽店店主来到了门口，他扫了一眼外面等候的人，挑中了罗斯韦尔·克劳福德，让他进去。

"你多大了，小伙子？"店主问。

"十四岁。"罗斯韦尔答道。

"你父母还健在吗？"

"现在只剩下我母亲，我父亲去世了，他是位绅士。"他得意地补充道。

"哦，是吗？"店主又问，"你住在城里吗？"

"是的，先生，我住在科林顿。"

"你以前工作过吗？"

"工作过，先生。"罗斯韦尔有些勉强地回答。

"在哪儿工作？"

"在戴伊街的一间办公室。"

"你在那儿干了多长时间？"

"一星期。"

"我看你干的时间不长，为什么不多干一段时间呢？"

罗斯韦尔傲慢地回答："因为他们想让我早晨八点就去办公室给壁炉生火，我是绅士的儿子，我可干不惯这种粗活。"

"是这样啊！"店主说，"好了，年轻的绅士，你到旁边等一等，我还要再问几个人，然后再做决定。"

店主又叫了几个男孩进来问话，罗斯韦尔站在一旁，摆出一副扬扬自得的神气，他认为自己是最佳人选，心想："店主看得出我是个绅士，一定会让他的商店更有脸面的。"

终于轮到福斯迪克了，他走进商店，心里并没有抱成功的指望。和罗斯韦尔不同，他把自己和别的求职者作比较的时候，觉得自己不够资格，希望不大。不过，他自然而然表现出的谦逊态度和良好举止博得了善于识人的店主的好感。

"你住在城里吗？"店主问。

"是的，先生。"亨利答道。

"你多大了？"

"十二岁。"

"你以前工作过吗？"

"没有，先生。"

"我想看看你的字写得怎么样，来，用这支笔写下你的名字。"

亨利·福斯迪克的书写算是同龄人中的佼佼者，而刚才同样接受测试的罗斯韦尔的字却写得歪歪扭扭的。

"你和父母一起住吗？"

"没有，先生，他们都去世了。"

"你现在住在哪里？"

"莫特街。"

罗斯韦尔一听福斯迪克说住在莫特街，便撇了撇嘴，纽约人都知道，莫特街紧挨着贫民住的五分区，远离繁华地段。

"你有推荐人吗？"店主亨德森先生问。

福斯迪克一时不知道该如何回答，他早已料到会遇到这个棘手的问题。

这时，恰巧格雷森先生走进店来，他是来买帽子的。

福斯迪克忙说："有的，我可以请这位先生做我的推荐人。"

"你好，福斯迪克，"格雷森先生这才看到他也在店里，便问，"你怎么在这儿？"

"我是来找工作的，先生，"福斯迪克说，"您能做我的推荐人吗？"

"当然可以，我很乐意替你美言几句。亨德森先生，这位是我在主日学校的学生，我可以自信地告诉您，他的品行和能力都很出众。"

"那我就放心了，"店主说，因为他知道格雷森先生的人品和地位都很高，值得信任，"您做他的推荐人再好不过了。小伙子，你明天早晨七点半来店里工作吧，报酬是头六个月每周三美元，如果你的工作让我满意，以后会给你加到每周五美元。"

其他男孩看上去非常失望，不过，最失望的莫过于罗斯韦尔·克劳福德了。他本来不在乎谁得到这份工作，可是，让一个住在莫特街的穷小子胜过了自己这个绅士的儿子，他深感自己受到了羞辱。为了泄愤，他嚷起来："他只是个擦鞋匠，你问问他，我说得对不对？"

"他是个诚实聪明的小伙子，"格雷森先生说，"至于你，年轻人，如果你能拥有他一半的好品质就不错了。"

罗斯韦尔·克劳福德气冲冲地走了，其他人也都跟着他离开了。

"福斯迪克，你运气好吗？"迪克看到朋友走出商店，便焦急地问。

"我得到这份工作了，"福斯迪克心满意足地说，"多亏了格雷森先生帮我说话。"

"他可真是好人。"迪克由衷地感叹道。

被称为"好人"的格雷森先生也走出帽店，和气地同他们说了一会儿话。

迪克和亨利都为找到这份工作而无比激动。虽然工资不高，可是，福斯迪克认为，只要省着点花钱，就足够他过日子了，而且他靠给迪克当家庭教师，也无须付房租了。迪克立刻决定要继续学习，以后好照朋友的样子另找一份工作。

"不知道你还愿意和擦鞋匠同住一个房间吗？"迪克问亨

利，"你现在可是商人了。"

"我再也找不到比你更好的室友了，迪克，"福斯迪克抱着我们的主人公，真诚地说，"除非你要我搬走，否则我们不会分开。"

就这样，福斯迪克开始了新的职业生涯。

20
九个月后

第二天，福斯迪克一大早就起来了，穿上了新衣服，吃过早饭便朝他工作的百老汇大街的帽店走去。他把平时用的擦鞋箱留在公寓里了。

"我可以用它来给自己擦鞋，"他说，"谁知道呢，说不定有一天我又得继续干老本行呢。"

"别担心，"迪克说，"我负责脚上的事，你现在是在帽店工作了，就负责头上的事情吧。"

"我希望你也能另找一份工作。"福斯迪克说。

"我学的东西还不够多，"迪克说，"等我毕业了就能找到好工作了。"

"到时候就能在你的名字后面加个'A.B'了。"

"那是什么意思？"

"'A.B'的意思是文学学士，大学毕业生就能得到这样一个学位。"

"哦，"迪克说，"我还以为它的意思是一个擦鞋匠呢，我现在就能把它加到我名字后面，'迪克·亨特A.B'，这名字听起来是不是很高级？"

"我得走了，"福斯迪克说，"上班第一天就迟到可不行。"

"这就是你和我的区别，"迪克说，"我就是自己的老板，要是我迟到了，没人来挑我的错。不过，我也得走了，有一位提早去商店上班的先生总让我给他擦鞋。"

两个人在市政厅公园分了手，福斯迪克穿过公园，朝帽店方向走去。而迪克提了提裤子，开始找需要擦鞋的顾客。迪克一般都不用等太久，他的眼睛很会观察，要是有顾客，他是不会漏掉的。他现在比以前更积极地招揽生意，因为存折上的那些钱几乎都借给福斯迪克了。他打算尽量节省，还要更努力学习，这样才能学福斯迪克的样子，在商店或会计事务所里找份工作。

在接下来的九个月里，我们的主人公身上没有发生什么特别的事情，所以，我将跳过这段时间，讲讲他九个月后的故事。

福斯迪克仍然在帽店工作，亨德森先生对他非常满意，已经把他的薪水涨到了每周五美元。他和迪克还一起住在穆尼太太的公寓里，过着简朴的生活，好多存点钱。迪克的生意一直不错，已经有了几个固定客户，是他的机灵和幽默吸引了这几位顾客，其中两位还送了衣服给迪克，这又为他节省了一笔开销，而且，他的收入已经达到每周平均七美元。从这些钱里，他要拿出一美元来付两人的房租，不过，剩下的钱他可以存一半到银行。所以，等到九个月或者说三十九周后，他一共存了一百一十七美元。当迪克看到小小的存折上这些日子以来的一长串存款记录时，他觉得自己简直是个资本家了。其实，也有和他一样挣钱不少的擦鞋匠，可是，他们都不关心自己的将来，花起钱来随随便便，所以没人能存下钱来，哪怕是一笔小钱都没有。

一天晚上，亨利·福斯迪克说："迪克，你以后会成为有钱人的。"

"还能住在第五大道上。"迪克说。

"很有可能，这世界无奇不有。"

迪克说："好啊，要是这种奇迹降临到我头上，我就像个男子汉一样承担下来。哪天你看见第五大道上的大楼要卖一百一十七美元，就赶紧告诉我，我好买下来投资。"

"要是在二百五十年前，你也许买得到，当时印第安人的地产价格都不高。"

"这是我的命啊，"迪克说，"我晚生了好多年，要不我就能当个印第安人，用我现在这些钱买幢豪宅了。"

"恐怕那时候你会发现你现在的职业在当时连一分钱都赚不

到。"

不过，迪克已经获得了远比金钱更宝贵的财富，他每晚都坚持学习，取得了显著的进步。现在，他不仅学会了阅读，还能写一手好字，还学会了算术，能算银行利息了。此外，他还懂得了一些语法和地理知识。如果我们的小读者中有一些男孩子经过几年学习，却还赶不上迪克的，一定会认为这是一件不可思议的事情——迪克居然在不到一年的时间里仅仅凭借晚上学习就能学到这么多知识，这些持怀疑态度的孩子不要忘记这一点，我们的主人公想提升自己的渴望是异常强烈的。迪克明白，要想成为受人尊敬的人，就必须懂得更多，而且他也愿意勤奋学习。另外，我们不要忘记，迪克是个天资聪颖的孩子，街头生活锻炼了他的才能，也让他懂得了自力更生的道理。他知道，要想实现自己设定的目标，还有很长一段路要走，他必须要持之以恒。他明白一切只能依靠自己，也下定决心要竭尽全力——这是几乎所有成功者的秘诀。

一天晚上，他们的学习结束后，福斯迪克说："迪克，我想你得换一个老师了。"

"为什么？"迪克不解地问，"你找到了一份更赚钱的工作吗？"

"不是，"福斯迪克解释道，"是我把我懂的全部都教给你了，你现在是和我一样的好学生了。"

"你没开玩笑吧？"迪克急切地问，棕色的脸颊上泛起一阵红晕。

"没有，"福斯迪克说，"你的进步很快。我给你一个建议，现在有夜校了，要不我们都去报名，我们整个冬天都可以一起去夜校学习。"

"太好了，"迪克说，"我真想现在就去。可是，记得我刚开始学习的时候，还担心别人会知道我大字不识几个。现在，福斯迪克，你真的认为我懂的和你一样多了吗？"

"是的，迪克，我没骗你。"

"我得好好感谢你，"迪克由衷地说，"是你改变了我。"

"你不是已经付我报酬了吗，迪克？"

"你是说房租？"迪克激动地说，"那还不够一半的报酬呢，我该把所有的钱都给你，那才是你应该得的。"

"谢谢你，迪克，不过，你太慷慨了。我已经得到了你太多报偿，想想看，别的孩子欺负我的时候是谁替我说话？又是谁花钱给我买衣服，让我得到了这份工作？"

"嘿，这些不算什么！"迪克说。

"迪克，你给了我好多帮助，我永远都不会忘记的。不过，依我看，你现在该去试试另外找份工作了。"

"我还没学到家呢。"

"你现在一点不比我逊色了。"

"我去试试吧。"迪克下了决心。

"要是我们店缺人手就好了，"福斯迪克说，"我们俩一起干活该多好啊。"

"没关系，"迪克说，"机会还多，说不定 A. T. 斯图尔特还需要一个合伙人，我只要他付给我利润的四分之一就行了。"

"你的提议倒是挺不错的，"福斯迪克笑着说，"不过，也许斯图尔特先生不会要一个住在莫特街上的合伙人吧。"

"我会搬到第五大道去住的，"迪克说，"可我对莫特街没什么偏见。"

"我也是，"福斯迪克说，"事实上我一直在考虑，等我们有了钱就换个地方住，穆尼太太没有尽力把房间打扫干净。"

"你说得对，"迪克说，"她好像看灰尘也挺顺眼的，瞧瞧这条毛巾。"

迪克举起他所说的毛巾，这条毛巾已经用了近一个星期了，一直没换过——迪克的职业使他对毛巾有严格要求。

"是啊，"福斯迪克说，"我也有点厌烦了，我想我们能找到一个房租不太高的地方，等我们搬过去后，我一定要付我那部分房租。"

"到时候再说吧，"迪克说，"你是想搬到第五大道去住吗？"

"现在不去那儿，我是想搬到一个更好的地段去。等你找到新工作，我们再决定吧。"

几天后，迪克正在公园附近招揽生意，突然看到有个比他小一岁左右的擦鞋匠好像一直在哭。

"怎么回事，汤姆？"迪克就问，"你今天生意不好吗？"

"还行，"这个孩子答道，"可是，我家里出了事，我妈妈上星期摔断了胳膊，明天又该交房租了，要是拿不出这笔钱，房东说要把我们撵出去。"

"除了你，家里没人挣钱吗？"迪克问。

"没有，"汤姆说，"现在没别人挣钱了，妈妈以前一星期能挣三到四美元，可是，她现在干不了活，我的弟弟妹妹也还小。"

迪克一下子就同情起这家人来，他自己也曾是个穷人，深知穷苦的日子过起来多么艰难。他知道汤姆·威尔金斯是个好孩子，从不乱花钱，总是把挣的钱全部交给妈妈。过去，迪克胡乱花钱的时候，曾有一两次让汤姆陪他去看老鲍厄里或托尼·帕斯特的演出，可汤姆都坚决不去。

"汤姆，听到这些事我很难过，"迪克说，"你欠了多少房租？"

"两星期的房租。"汤姆说。

"一星期多少钱？"

"两美元，两周就是四美元。"

"你现在能付多少？"

"一分都没有，我挣的钱都用来给一家人买食物了。我拼命干活，可是，我真不知道该怎么办了。我们没有别的地方可去，我还担心要是被赶到大街上，妈妈的胳膊会被冻伤的。"

"你没地方借钱吗？"迪克问。

汤姆难过地摇了摇头。

"我认识的人都和我一样穷，"他说，"要是能帮，他们会帮我的，可是，他们的日子也不好过。"

"听着，汤姆，我来帮你。"迪克冲动地说。

"你有钱吗？"汤姆怀疑地问。

"有钱！"迪克说，"你难道不知道我在银行里有存款？你需要多少？"

"四美元，"汤姆说，"要是明晚之前不付房租，我们就要被赶出来了，你没这么多钱，对吧？"

"先拿着这三美元，"迪克从包里拿出钱，说，"剩下的明天给你，我会再多给你一点的。"

"迪克，你真是个大好人，"汤姆说，"可你自己不需要用钱吗？"

"哦，我还有钱。"迪克说。

"也许我永远也还不了这笔钱。"

"就算你还不起，"迪克说，"我也不会破产的。"

"我绝不会忘记你的，迪克，但愿有一天我能报答你。"

"没关系，"迪克说，"我应该帮助你，我自己没有妈妈要照顾，真希望我也能有个妈妈。"

迪克的话听起来有些伤感，尤其是最后那句话。不过，迪克天生是个乐观的人，不会总是沉浸在悲伤中。所以，等他转身离去的时候，他又开始快乐地吹起了口哨，还说："我明天来找你，汤姆。"

迪克给汤姆·威尔金斯的三美元是他这周攒的钱，现在是星期四下午，他还要交一美元的房租，他打算在星期五和星期六这两天里凑齐。迪克刚才答应要多给汤姆一点钱，为此，只好动用银行存款了。要不是由于这个特殊原因，他不会冒险去碰这笔钱的。不过，迪克觉得，如果自己有能力帮助汤姆和他妈妈，却眼看他们受苦，那是非常自私的行为。可是，迪克不知道，等回到家时，他会碰上另一桩不幸的意外。

不翼而飞的存折

在上一章的结尾，我暗示过大家，迪克回家的时候会碰上一桩意外。

为了多给汤姆·威尔金斯一点帮助，迪克回家后就拉开他和福斯迪克放存折的抽屉，让他惊诧不已的是，抽屉里面居然空空如也。

"福斯迪克，你过来一下。"他说。

"出什么事了，迪克？"

"我的存折不见了，你的也是，它们到哪儿去了？"

"今天早晨我把我的存折拿走了，好存点钱进去，所以这会儿它在我口袋里。"

"可我的到哪儿去了？"迪克疑惑地问。

"我不知道，可早晨我拿存折时还看到它放在抽屉里的。"

"你确定吗？"

"是的，非常肯定，因为我还打开瞧了瞧，看你存了多少钱。"

"你把抽屉又锁上了吗？"迪克问。

"当然，你刚才打开的时候发现它没有上锁吗？"

"是锁着的，"迪克说，"可是存折不见了。有人用钥匙开了抽屉，拿走了存折，然后又把抽屉锁上了。"

"一定是这样的。"

"谁干的？太害人了。"迪克说，他觉得心灰意冷。这还是我们头一回看到他如此沮丧。

"别气馁，迪克，你丢的不是钱，只是存折。"

"还不是一样的吗？"

"不一样，你明天早晨早点去银行，等它一开门就进去，告诉他们你的存折丢了，请他们不要付钱给除你之外的任何人。"

"太好了，我一定得去，"迪克的脸上露出了希望之光，"不过，除非是小偷今天没有去银行。"

"如果小偷今天去了银行，他们也可以通过他的签名找到他。"

"我倒想自己揪出偷东西的家伙，"迪克气愤地说，"我要狠狠揍他一顿。"

"小偷一定是住在这所公寓里的某个人，要不我们去问问穆尼太太，她或许知道今天有谁进过我们房间。"

两个男孩下了楼，敲了敲后面小客厅的门，穆尼太太晚上一般都在这里。这是一间又小又旧的屋子，地上铺着磨破的地毯，墙上贴着大花的墙纸，好些地方的墙纸都脱落下来，露出里面光秃秃的墙壁，没脱落的墙纸上沾着灰尘油污。

不过，好在穆尼太太天生就看得惯灰尘污垢，一丁点儿都不放在心上。

此刻，她正坐在一张小松木桌旁，埋头补着袜子。

"晚上好，穆尼太太。"福斯迪克向她问好。

"晚上好，"女房东说，"找把椅子坐吧，我正忙着呢，我这个可怜的寡妇没空闲时间。"

"我们不会耽误您多少时间，穆尼太太，可我朋友今天在房间里丢了东西，我们想来问问您，看您是不是知道点情况。"

"你们丢了什么？"女房东问，"你们该不会以为是我拿了吧？虽说我穷，可大家都说我是个老实人，我的房客都能证明。"

"我们当然没有怀疑您，穆尼太太。可是，这公寓里有人手脚不干净，我朋友的存折丢了，今天早晨它还好好放在抽屉里面的，可晚上就不见了。"

"存折上有多少钱？"穆尼太太问。

"有一百多美元。"福斯迪克说。

"那是我的全部家当，"迪克说，"我明年要用来买房子的。"

穆尼太太一听迪克有这么多钱，显然吃了一惊，不由得对他刮目相看了。

"抽屉上了锁吗？"她问。

"上了锁的。"

"那就不可能是布里奇特，我没发现她有什么钥匙。"

"她也不会明白银行存折是什么东西，"福斯迪克说，"您今天有没有看到别的房客进入我们房间呢？"

"如果说是吉姆·特拉维斯干的，我倒不会奇怪。"穆尼太太突然说。

吉姆·特拉维斯是马尔伯里街上一家小酒吧的招待，在穆尼太太的公寓里住了好几个星期了。他长相粗俗，一看他的样子就知道他肯定经常随便偷喝酒吧里的酒。他住在迪克对面的房间，两个男孩常听到他喝醉后回来一边骂骂咧咧一边上楼的声音。

这个特拉维斯曾几次对迪克和他的室友示好，请他们去他工作的酒吧喝酒。可是他们从没有接受他的邀请，因为他们晚上有更重要的事情要做。

另外，也因为他们都对特拉维斯先生不感兴趣。这不奇怪，因为无论从长相还是举止来看，他的天性中都没有多少讨人喜欢的地方。

特拉维斯的好意遭到了拒绝，引发了他对迪克和福斯迪克的不满，他认为他们是顽固僵化的人。

"您怎么会认为是特拉维斯干的？"福斯迪克问，"他白天都不在家。"

"可他今天白天回来过，他说自己得了重感冒，得回家拿一条干净手帕。"

"您看见他了？"迪克问。

"当然，"穆尼太太说，"布里奇特在晒衣服，是我开门让他进来的。"

"我不知道他是不是有我们抽屉的钥匙。"福斯迪克说。

"他有，"穆尼太太说，"你们两个房间抽屉的衣柜都是一样的，是我在拍卖会上一起买的，抽屉的锁很可能也是一样的。"

"一定是他了。"迪克望着福斯迪克说。

"对，"福斯迪克说，"看来准是他。"

"我想知道我该怎么办？"迪克说，"他当然不会承认偷了东西，也不会愚蠢到把存折留在房间里面。"

"如果他还没来得及去银行取钱就好办了，"福斯迪克说，"你可以明天一大早就去银行，好阻止他从你存折上取钱。"

"可是，我身上一分钱都没有了，"迪克说，"我还告诉汤姆·威尔金斯，明天要多借点钱给他，要不然，他生病的妈妈就要被赶到大街上去了。"

"你要给他多少钱？"

"我今天给了他三美元，明天打算给他两美元。"

"把我的钱给他吧，迪克，我今天早晨没去银行。"

"好吧，就拿你的钱，我下星期还给你。"

"不用还，迪克，你给了他三美元，你必须让我也给他两美元。"

"别这样，福斯迪克，都由我出吧，你知道我存的钱比你多。不对，我也没钱了，"迪克猛然想起丢存折的事情，"我今天早晨还以为自己是富人呢，可现在又变成分文没有的穷光蛋了。"

"振作起来，迪克，你的钱会找回来的。"

"但愿如此吧。"我们的主人公仍然觉得难过。

事实上，我们的朋友迪克开始明白了做大生意的商人遭到灭顶之灾时的感受，他的一百多美元都是日积月累起来的，这笔钱让他感到自己是个自食其力的人。富裕是相对的，迪克内心的感受可能和拥有十万美元的人一样。他正开始体会到自己辛苦工作换来的好处，感受到财富带来的快乐。这并不意味着迪克过分看重金钱，当他能够用钱来帮助汤姆·威尔金斯摆脱困境时，他的内心产生了无比的满足感，这件事足以说明他对金钱的态度。

除此之外，他还有个烦恼。如果他找到了新工作，刚开始的报酬不可能比他擦鞋时挣得多——每周大概不会超过三美元——可是他每周的开销就有四美元，这还不包括买衣服的花费在内。要弥补这个亏空，他就必须依靠这笔存款，才能维持上一年时间。要是这笔钱找不回来，他就至少得再擦半年皮鞋，一想到这儿，迪克就很灰心。

因此，不难想象，这天晚上迪克的眼前是一片灰暗，两个人都没心思学习了。

两人商量了一阵，看是否去和特拉维斯谈谈，两人的意见不一致，福斯迪克不同意。

"这样只会让他有了警惕，"他说，"我认为找他谈话没用，他当然会矢口否认。我们最好不声张，留心他的举动，只要我们通知了银行，就可以保证他取不到钱。如果他去了银行，银行的人就立刻明白他是个小偷，会把他抓起来。"

这个说法挺有道理，迪克决定采纳。总之，他开始认为情况没有预料中糟糕，心情也好了一些。

"他是怎么知道我有存折的呢？我始终想不通。"迪克说。

"你不记得了？"福斯迪克思索片刻后说，"两三天前的晚上，我们说起过存款的事儿。"

"是的。"迪克说。

"当时，我们的房门没关严，我听到有人上楼，又在我们门口停了一下，肯定就是吉姆·特拉维斯。他偷听到了你有存款的消息，今天就找机会下手了。"

这大概是最好的解释，一切都有可能。

夜深了，两人正要上床睡觉，忽然听到有人敲门，让他们有些惊讶的是，敲门的正是邻居吉姆·特拉维斯。他是个脸色苍白的年轻人，一头黑发，双眼布满了血丝。

吉姆进屋的时候迅速瞥了一眼屋里的两个人，他的举动没有逃过迪克他们的眼睛。

"你们今晚还好吗？"吉姆问。他一屁股坐到椅子上，这屋里只有两把椅子。

"还行，"迪克答道，"你怎么样？"

"我累得像条死狗，"吉姆说，"工作又累，挣钱又少，这就是我过的日子。今天晚上，我本打算去看戏的，可是手头紧，没钱买票。"

说到这儿，他又飞快瞄了他们一眼，可迪克他们都装出正常的样子。

"你们不怎么出去玩，对吧？"吉姆问。

"对，"福斯迪克说，"我们晚上都在学习。"

"那多没意思，"特拉维斯很轻蔑地说，"学习有什么用处？你又当不了律师或别的什么，对吧？"

"也许是这样，"迪克说，"我还没决定将来干什么呢。要是公民朋友们想让我进国会，我就不该让他们失望，所以，我必须先学好阅读和写作。"

"得了，"特拉维斯突然说，"我累了，要回去了。"

"晚安。"福斯迪克说。

不速之客走了，两个男孩对视了一眼。

"他是来看看我们是不是已经发现存折丢了。"迪克说。

"他还想让我们知道他没钱，好撇清自己，不让我们怀疑他。"福斯迪克补充道。

　　"是这样，"迪克说，"我真想去搜搜他的口袋。"

22
抓　贼

　　福斯迪克猜得一点没错，就是吉姆·特拉维斯偶然偷听到他们关于迪克存款的谈话，然后偷走了存折。眼下，特拉维斯和大多数与他境况相同的年轻人一样，过着入不敷出的日子。不仅如此，他对自己的工作也没什么兴趣，一心想找到一个能轻轻松松挣大钱的门路。最近，有个跑到加利福尼亚去挖矿的老朋友给吉姆来了封信，这家伙真走运，取得了利润丰厚的采矿权，他在信中告诉吉姆自己已经赚了两千美元，用不了半年就能发大财。

　　两千美元！这对特拉维斯来说简直是个天文数字，他被幻想冲昏了头脑，立刻计划着要去加州碰碰运气。他目前的工作一个月只能挣到三十美元，说实话，他也只值这个价钱。可是，这点钱哪里够他挥霍的？于是，他决定搭下一班船到加州去淘金，不过，他首先得凑足盘缠才行。

当时的船费是七十五美元，还不算太贵，可是，以吉姆·特拉维斯目前的状况来看，这笔钱算得上巨款了。准确地说，他的积蓄只有两美元二十五美分，其中还包括该付给洗衣工的一点五美元。当然，洗衣费对特拉维斯来说是小事一桩，他早抛到脑后了，可是，就算不付洗衣费，他现有的积蓄也远远不够付船费的。

特拉维斯向几个同伴求援，可是，他们都是从不存钱、身边只剩一点余钱的人。一个朋友借给他三十七美分，另一个借了一美元，这点钱完全是杯水车薪。他正绝望地打算放弃去淘金的计划时，碰巧听到了迪克他们关于存款的谈话。

一百一十七美元！太好了，不仅解决了船票钱，连从旧金山到矿山去的路费也有了。吉姆翻来覆去地想，最后决定直接从迪克那儿"借"出这笔钱。他知道两个男孩白天都不在家，就趁早晨的时候回来，等穆尼太太问起，就假称自己感冒了，回来取条手帕。穆尼太太毫不怀疑，转身回厨房干活去了，只剩他一个人，一切顺利。

特拉维斯迅速溜进迪克的房间，认为唯一可以放钱的地方只有几个衣柜抽屉。他发现除了一个抽屉是锁着的，其他的都能打开，便确信钱就在里面。他跑回自己房间，拿到自己的抽屉钥匙，又回到迪克房间，用钥匙试着去开抽屉，居然打开了，让他喜出望外。他看到里面放着的是存折时，却有些失望。他本以为会找到现金的，现金到手就能省去许多麻烦。到银行取钱又将是一次冒险。特拉维斯迟疑了片刻，考虑是否要拿走存折，不过，最终他还是认为为这笔钱值得去冒险。

他把存折放进衣兜，又锁上抽屉，把回家拿手帕的事情忘到九霄云外，直接下楼离开了公寓。

特拉维斯本来有时间去银行取钱的，可是他已经耽误了酒吧的活儿，就不敢再多耽搁了。另外，他也不懂怎么用存折到银行取钱，因为他从来没有存过钱。他想，最好还是把取钱的规矩搞清楚，看看是不是还需要别的东西才能取钱。就这样，一天过去了，迪克的钱还安全地待在银行里面。

到了晚上，特拉维斯想，要不去看看迪克是不是发现存折丢了，所以才有了上一章结尾时他的"深夜造访"。结果，两个男孩平静的态度迷惑了他，他以为他们什么都没发现。

"太好了！"特拉维斯高兴地想，"要是他们明天一天都没发现，就太晚了，我就可以平安无事地跑路了。"

不过，考虑到明天早晨两个男孩出去之前还有可能发现失窃一事，特拉维斯便决定明早再去探探虚实。于是，第二天早晨，他一听到两个男孩开门出来，就马上打开了自己的房门。

"早上好，先生们，"他热情地打招呼，"出去干活吗？"

"是的，"迪克说，"要是我不在，我的手下就会偷懒了。"

"你真会开玩笑！"特拉维斯说，"要是你给的工资高，我都想来给你干活了。"

"我赚多少就给你多少，"迪克说，"你的工作怎么样？"

"一般般。你有空来玩玩吧？"

"我晚上的时间都用来学文学和科学了。"迪克说，"不过，还是多谢你的邀请。"

"你在哪儿上班呢？"特拉维斯转而问福斯迪克。

"在百老汇的亨德森帽店。"

"等我有空的时候就去你们那儿逛逛，"特拉维斯说，"我想老朋友买东西可以便宜点吧。"

"我会尽量的。"福斯迪克并不热情地回答，他可不愿意让店主发现自己有特拉维斯这样不体面的朋友。

其实，特拉维斯一点都不打算到百老汇的帽店去，他只是随口说说，和这两个男孩套套近乎。

"你们两位先生见没见到一把刀柄上镶着珍珠的刀子？"他又问。

"没有，"福斯迪克说，"你丢了吗？"

"对，"特拉维斯恬不知耻地虚构道，"前两天我的刀子一直放在抽屉里面，我还丢了一两件小东西。布里奇特看上去不太老实，我猜准是她拿了。"

"你打算怎么办呢？"迪克问。

"这回我就不吭声算了，要是下次再丢东西，我就会让她吃不了兜着走。你们丢什么东西了吗？"

"没有。"福斯迪克这话是替自己回答的，因为他不能歪曲事实，说迪克也没丢。

特拉维斯一听这话，眼里闪过一丝得意的神情。

"他们还没有发现呢，"他心想，"我今天就去取钱，等他们两个到时候哭去吧。"

特拉维斯认为没必要再和两人闲扯了，便说了声再见，转身朝另一条街走去了。

"他突然对我们这么友好。"迪克说。

福斯迪克说："他的企图很明显，想看看你是不是发现存折丢了。"

"不过，他没看出来。"

"是的，我们骗了他，不用说，他准备今天就去取钱。"

"是取我的钱。"迪克说。

"你说得对，"福斯迪克说，"当然是你的钱，迪克，你最好先去银行等着，一开门就进去。"

"我当然会去，吉姆·特拉维斯会发现自己打错了如意算盘。"

"你知道吧，银行十点开门。"

"我会准时到的。"

"祝你好运，迪克，"福斯迪克分别时说，"我想你会顺利的。"

"但愿如此。"迪克说。

迪克已经从暂时的沮丧中恢复了过来，他下决心要拿回自己的钱，绝不让吉姆·特拉维斯得逞，他已经开始享受打败对手后的快乐了。

还有两个半小时才到十点，这段时间是他生意最好的时候，非常宝贵，不能浪费。于是，他来到经常招揽生意的地方，一连擦了六双皮鞋，挣了六十美分。随后，他走进一家餐馆，吃了早饭。时间到了九点半，迪克知道不能去晚了，就把擦鞋箱交给约翰尼·诺兰保管，然后朝银行走去。

银行职员还没开始上班，迪克便守在门外，一直等到他们来。他还是有点担心，怕特拉维斯也和自己一样早早赶来，发现自己在场，就会起疑心，然后就会逃走的。不过，迪克仔细查看了一番，没有找到这个怀疑对象的踪影。等到钟敲十点，银行大门一打开，我们的主人公就立刻进去了。

因为在过去的九个月里迪克每周都会到银行来存一次钱，所以出纳员已经认识他了。

"今天你来得真早啊，小伙子，"出纳员高兴地说，"你又要存钱吗？你很快就会成为有钱人了。"

"这次不是，"迪克说，"我的存折被人偷了。"

"被偷了！"出纳员惊呼一声，"太不幸了。不过，虽然你很倒霉，可小偷无法取到你的钱。"

"这就是我来的原因，"迪克说，"我担心他已经把钱取走了。"

"小偷还没有来过，如果他来了，我是认得你的，所以不会被他骗。你的存折是什么时候被偷的？"

"昨天，"迪克说，"我晚上回家时发现它不见了。"

"你有怀疑的对象吗？"出纳员问。

于是，迪克就对出纳讲了吉姆·特拉维斯平时的为人和这次的可疑举动，出纳也认为小偷可能就是他。迪克还告诉出纳，特拉维斯今天早晨可能会来取钱。

"很好，"出纳员说，"我们就等着他来自投罗网，你的存折账号是多少？"

"5678。"迪克说。

"你告诉我，这个可疑的特拉维斯长什么样。"

于是，迪克大致描述了特拉维斯的长相，当然是没什么恭维话可说的。

"这样就行了，我会认出他来的，"出纳员说，"你别担心，他不会从你账户上取到钱的。"

"多谢您！"迪克说。

此时，我们的主人公觉得心里轻松了许多，心想继续留在银行里也不会有什么收获了，只会浪费时间，就转身朝门口走去。

他刚走到门口，就透过门上的玻璃看到吉姆·特拉维斯正在过马路，显然是在朝银行走来，要是被特拉维斯看见就麻烦了。

于是，迪克赶紧跑回柜台，大声说："他来了，您能让我躲躲吗？我不想让他看见我。"

　　出纳员立刻明白了是怎么回事，他马上打开一扇小门，让迪克进来躲在柜台后面。

　　"蹲下来，"出纳员说，"这样他就看不见你了。"

　　迪克刚刚藏好身，吉姆·特拉维斯就从大门进来了，他四下张望了一阵，然后朝出纳员的柜台走来。

23

特拉维斯被捕

吉姆·特拉维斯有些迟疑地走进银行，他心里很清楚，自己在干违法的事情，他只希望能赶快脱身。他犹豫了片刻，然后朝出纳员走来，把银行存折递给出纳员，说："我想取钱。"

出纳员接过存折，看了看，问："您想取多少钱？"

"全部。"特拉维斯说。

"您现在可以取一部分钱，如果要全部取出来，需要提前一个星期通知我们。"

"那我就只取一百美元。"

"您是存折的户主吗？"

"是的，先生。"特拉维斯毫不犹豫地回答。

"您的名字是？"

"亨特。"

出纳员拿出一本大账册，里面记录着储户的姓名，开始翻查起来。出纳员一边翻账册，一边给另一个年轻职员递了个暗号，让他去找警察来。特拉维斯没有察觉这些，也没有发觉事情会和他自己有关，他没用过存折，以为的确要花时间来查对储户姓名。出纳员翻找了一阵，他这样做只是为了拖延时间好等警察来，然后回到柜台前，取出一张纸递给特拉维斯，说："请您填写一下取款单。"

特拉维斯拿起柜台边的一支钢笔，填好了取款单，模仿着存折上的签名，在单据上写下了"迪克·亨特"几个字。

"您的名字是迪克·亨特，对吗？"出纳员拿起取款单，透过眼镜打量着这个小偷，问道。

"是的。"特拉维斯马上答道。

"可是，"出纳员接着说，"我发现存折上这个亨特的年龄是十四岁，您显然不止十四岁了。"

特拉维斯倒是想说自己只有十四岁，可他实际已经二十三岁了，脸上还长着络腮胡子，已经没法装成稚气未脱的少年了。他开始感到心虚。

"迪克·亨特是我弟弟，"他解释说，"我是来帮他取钱的。"

"我记得您刚才说自己就是迪克·亨特来着。"出纳员说。

"我是说我姓亨特，"特拉维斯反应挺快，忙辩解道，"我没明白您的意思。"

"可是，您在取款单上的签名也是迪克·亨特，这是怎么回事？"出纳员继续盘问他。

特拉维斯眼看自己进退两难了，不过仍然努力保持镇定。

"我还以为必须签我弟弟的名字。"他说。

"您叫什么名字？"

"亨利·亨特。"

"您能找人来作证，您说的都是真话吗？"

"当然，要是您想看，我能找来一群人，"特拉维斯壮起胆子说，"把存折还给我，我今天下午再来。我简直没想到取一点点钱还要费这么多事。"

"等等，您弟弟自己为什么不来呢？"

"因为他得了麻疹，病倒了。"特拉维斯说。

这时，出纳员冲迪克做了个手势，让他站起来，于是，我们的主人公就从柜台后面站起身来。

"瞧瞧，您弟弟已经康复了，您该高兴了吧。"出纳员指着迪克说。

特拉维斯发出一声惊呼，他又气又急，明白自己的把戏搞砸了，便朝门口跑去，心想还是先保住自己的人身安全为妙。可惜，一切都来不及了，一个魁梧的警察抓住了他的手臂，对他说："别跑那么快，伙计，我要找你。"

"让我走。"特拉维斯想挣扎着逃脱。

"对不起，我不能放了你，"警察说，"你最好别闹，否则你会受伤的。"

特拉维斯发现无法扭转败局，只好顺从，他狠狠地瞪了迪克一眼，认为迪克就是导致自己不幸的始作俑者。

"这是你的存折，"出纳员把迪克的财产递给他，说，"你想取点钱吗？"

"我要取两美元。"迪克说。

"好的，请填一下取款单。"

在填取款单之前，迪克看到特拉维斯落入法网，不禁动了恻隐之心，便走到警察跟前，说："您能放了他吗？我已经拿回了存折，不想让他受罪了。"

"对不起，我不能听你的，"警察说，"我无权放了他，他必须接受审判。"

"我真为你难过，特拉维斯，"迪克说，"我也不想让你被捕，我只想拿回存折。"

"你去死吧！"特拉维斯恶毒地咒骂道，"等我放出来，看我怎么收拾你。"

"你不用太同情他，"警察说，"我现在认出他来了，他早就进过监狱的。"

"你撒谎。"特拉维斯凶恶地说。

"别嚷了，我的朋友，"警察说，"如果你在银行没别的事情了，我们就走吧。"

警察把特拉维斯带走了，迪克取了两美元，也离开了银行。

虽然特拉维斯咒骂了迪克，还企图偷走迪克的钱，可是，迪克还是忍不住同情他，他是因为迪克的存折才被送进监狱的。

"我要把存折放到一个更安全的地方了，"迪克想，"现在我得去瞧瞧汤姆·威尔金斯了。"

在继续讲故事之前，我还是要交代一下小偷特拉维斯的结局，他的罪行十分清楚，所以受到了应有的审判，被判在布莱克威尔岛服刑九个月。等服刑期满后，他找机会溜上了一条去旧金山的船，可能是去圆淘金梦了。从那以后，再没人听到他的消息，大概他当初对迪克的威胁再也不会兑现了。

回到市政厅公园后，迪克很快就遇到了汤姆·威尔金斯。

"你好，汤姆，"迪克问，"你妈妈怎么样了？"

"她好些了，迪克，谢谢你。她昨天还在担心被赶到大街上，不过，我把你给的钱交给她了，她现在感觉好多了。"

"我又给你带了点钱，汤姆。"迪克说着从口袋里掏出一张两美元的钞票。

"我不应该再要你的钱了，迪克。"

"没关系的，汤姆，别担心。"

"可你自己也有花钱的地方。"

"我还有很多钱呢。"

"好吧，我再要一美元就够付房租的了。"

"你再拿一美元去买点吃的。"

"你真是太好了，迪克。"

"不用客气，我只有一个人，没有别的负担。"

"好吧，为了我妈妈，我还是把钱都收下吧。你以后如果有什么地方需要人帮忙，尽管叫我好了。"

"行。如果下星期你妈妈的病还不见好，我会再给你一些钱的。"

汤姆一再感谢我们的主人公，迪克和他告别后，体会到了慷慨无私的行为给自己带来的愉悦感。他天性大方，在我们的读者认识他之前，他就经常招待朋友吃吃喝喝的，有时他还会请他们陪他去看戏。不过，这些事情从来没有像今天帮助汤姆·威尔金斯的行为一样给他带来满足感，他感到自己的钱用在了正路上，把一个家庭从困窘中拯救了出来。五美元对迪克来说也不是个小数目，这比他一星期的开销还多。不过，迪克觉得自己获得了回报，如果汤姆妈妈的病不见好转，仍需要他的资助，他也乐意付出更多。

此外，迪克也为自己经济上有能力帮助别人而感到自豪。一年以前，无论他有多么乐于助人，他也拿不出五美元来。那时，他身上的现金从没达到五美元之多，事实上，连一美元都少见。总而言之，迪克现在开始体会到克己节俭和量入为出的好处了。

大家也许还记得，惠特尼先生临别时送了迪克五美元，还告诉迪克可以将这些钱转送给勤奋上进的孩子。迪克想起惠特尼先生的这番话，仿佛自己终于还清了一笔旧债似的。

晚上，福斯迪克回来后，迪克向他宣布，自己成功地挽回了损失，并把事情经过原原本本讲了一遍。

"你真幸运，"福斯迪克说，"我想咱们最好别把钱放在抽屉里面了。"

"我想把存折随身携带着。"迪克说。

"只要还住在穆尼太太这里，咱们就最好这样做。但愿我们能换一间好点的公寓。"

"我得下楼去告诉她，特拉维斯回不来了，可怜的家伙，我还挺同情他的！"

特拉维斯再也没有回过穆尼太太的公寓，他欠了这位房东两周的房租，因此，穆尼太太并不同情他。他的房间很快租给了一个更可靠的房客，新房客没有前任那么爱招惹是非。

24

谁 的 来 信

迪克拿回存折后，又大约过了一个星期，福斯迪克晚上回家时带回一份《太阳报》。

"你想不想看看自己的名字被登在报纸上了，迪克？"他问。

"我看看，"迪克说，他正在洗脸架前忙活，想洗掉擦鞋时留在手上的污渍，"他们该不会让我去当市长了吧？如果是真的，我是不会同意的。当市长太影响我自己做生意了。"

"没有，"福斯迪克说，"他们没有让你去当市长，不过，说不定哪天你真会当上市长的。要是你想瞧瞧报纸上你的名字，你就拿去看看吧。"

迪克将信将疑，可还是用毛巾擦干双手，接过报纸来，顺着福斯迪克手指的地方看去，在广告信件栏里发现了自己的名字——"穿破衣服的迪克"。

"老天爷，真的有我的名字，"他说，"你猜这说的是我吗？"

"除了你，我认识的人里面没有叫这个名字的了，你还知道谁吗？"

"没有，"迪克想了想说，"那肯定是我了。可是，我认识的人里面没有谁会给我写信的。"

"也许是弗兰克·惠特尼，"福斯迪克也想了想，说，"他不是答应要给你写信吗？"

"对呀，"迪克说，"他想让我给他写信。"

"他现在在什么地方？"

"当时他要去康涅狄格州的一所寄宿学校，学校在一个叫巴顿的地方。"

"这封信十有八九是他写的。"

"但愿如此，弗兰克真是好得没法说，是他第一次让我知道了无知和肮脏是可耻的事情。"

"你明天早晨最好去邮局一趟，打听打听这封信的情况。"

"也许他们不会把信给我。"

"要是你穿着一年前的旧衣服去怎么样？就是弗兰克当初见你时你穿的衣服，他们会毫不怀疑地把信给你。"

"我试试吧，虽然现在要是被人看见我穿那身衣服，我会不好意思的。"迪克说。他现在已经比当初我们刚认识他的时候更讲究个人的衣着整洁了。

"只不过穿一天而已，也许就只需穿一早上呢。"福斯迪克说。

"为了拿到弗兰克的信，我什么都愿意做，我真想见见他。"

第二天早晨，迪克听从了福斯迪克的建议，拿出了那件早已不穿的华盛顿外套和拿破仑长裤，这些衣服他都小心保存着，其中的原因他自己都很难说清楚。

穿好这些衣服后，迪克看着镜子中的自己——要是衣柜上镶的这面七英寸宽、九英寸长的东西能称得上镜子的话，他看到的形象可一点都不伟岸，说实话，镜中的这副模样让迪克感到很羞愧。

他准备出门时还特意看了看周围，生怕别的房客看到他今天的打扮。

他趁着没人看见，赶紧溜到街上，给两三个进城上班的常客擦了皮鞋，然后便顺着拿骚街朝邮局走去。在邮局里，他看到一个隔间上写着"广告信件"，便走到小窗户前，问："有人给我写了封信，昨天的《太阳报》上登了广告。"

"您叫什么名字？"里面的职员问。

"穿破衣服的迪克。"

"真是个奇怪的名字，"职员狐疑地看了他一眼说，"您就是穿破衣服的迪克吗？"

"要是您不信，瞧瞧我的衣服就知道了。"迪克说。

"这倒是个不错的证明，"职员笑着说，"不管怎么说，这个名字配得上您。"

"我相信衣如其人这句话。"迪克说。

"您认识的人中有谁住在康涅狄格州的巴顿吗？"这时，职员已经找出了那封信。

"有，我认识一个在那儿读寄宿学校的朋友。"

"这封信上是个男孩的笔迹，我想肯定是给您的。"

职员把信从窗口递出来，迪克急忙接过信，闪到一旁，以免妨碍其他来取信和寄信的人。他匆匆拆开信，马上读了起来。读者们也许会好奇信中到底写了些什么，让我们和迪克一起来看看这封来自康涅狄格州巴顿市的信件吧：

亲爱的迪克：

请原谅我在信封上称你为"穿破衣服的迪克"，因为我不知道你的姓，也不知道你住在哪里。我很担心你可能收不到这封信，不过，但愿你能收到。

我常常想起你，想知道你现在过得怎么样，如果有你的地址，我该早点给你写信。

我来说说我自己的情况吧。巴顿是个美丽的乡下小城，离哈特福德只有六英里远。这所寄宿学校的校长是伊齐基尔·门罗先生，他大约五十来岁，毕业于耶鲁大学，毕业后一直任教。我的学校是一幢两层楼的大房子，还有许多供男生住宿的小房间。我们背地里叫门罗先生为"老齐克"，他教我们拉丁语和希腊语，这两种语言我都在学习，因为我爸爸希望我以后去读大学。

不过，你大概不会对我们的学习情况感兴趣。我给你讲讲我们是怎么娱乐的吧。门罗先生有大约五十亩地，所以有充足的场地供我们玩耍。

离学校四分之一英里远的地方有个大池塘，池塘里有一艘又大又结实的圆底船。每周三和周四下午，要是天气好的话，我们就会到池塘里划船。助教巴顿先生会陪我们一起去，以免发生意外。夏天，我们可以在池塘里游泳，冬天可以在结冰的湖面上滑冰。

除了这些娱乐活动，我们还经常打球，参加各种活动，所以，虽然我们学习很辛苦，可是生活过得十分愉快。我的成绩很不错，不过，爸爸还没决定让我去上哪一所大学。

真希望你也能来这里，迪克。要是有你陪伴，我会非常高兴的，我也希望你能接受一点教育。我认为你的天分很高，不过，我想你还要挣钱养活自己，可能不会有多少时间来学习吧。要是我自己能有几百美元就好了，我就能资助你来这里，和我们一起学习了。请你相信，如果我能有机会帮助你，我一定会伸出援助之手的。

现在我不得不结束这封信了，因为明天还要交一篇作文呢，内容是关于华盛顿将军的生活和性格的。我也许会在作文里提到我有一个朋友，他就穿着一件华盛顿的大衣。不过，我猜你的衣服现在肯定已经很旧了吧。我不太喜欢写作文，更喜欢写信。

这封信已经比我预期的长了许多，希望你能收到，虽然我知道你很可能收不到。如果你真的收到信，一定要尽快给我回信，你曾经向我形容过你的字写得像鸡爪子一样难看，我不会笑话你的。

再见，迪克。你一定要经常想着我这个真诚的朋友。

弗兰克·惠特尼

迪克乐呵呵地读完了信，能有人惦记自己是件好事，而且，与家境好的孩子相比，迪克这样的孩子是没有多少朋友的。这封写给他的信对他来说是一个新的重要物品，因为这是他收到的第一封信。如果是在一年以前收到这封信，他一点都看不懂。可现在，多亏福斯迪克的教导，他不仅能读懂这封信，还能写出一手好字了。

弗兰克信中有一段话让迪克很高兴，就是弗兰克说如果他有了钱就会帮迪克付学费的那些话。

"他真是我最好的朋友，"迪克说，"希望还能见到他。"

有两个原因使迪克想见弗兰克一面：一是因为能和朋友相见本身就是件高兴事；另外，他也想让弗兰克看看自己在学习和生活上都有了进步。

"他会发现我比我们第一次见面的时候更受人尊敬了。"迪克想。

这时，迪克已经走到了印刷厂广场，看到他的宿敌米琪·马奎尔站在史普鲁斯街靠近《纽约论坛报》办公室的大街上。

我们之前已经得知，米琪对于和自己处境相同却比他穿得好的人有一种天生的敌意。在过去的九个月里，迪克整洁的外表已经让这位年轻的仇敌怒火中烧。整洁的衣服和干净的脸庞对米琪来说是一种傲慢的表现，是我们主人公流露出的一种优越感，米琪把这叫作"癞蛤蟆冒充青蛙王子"。

此刻，米琪惊奇地瞧着穿破衣服的迪克，这身衣服和米琪的差不多破烂，米琪心里涌起一种胜利感，认为"摆臭架子的家伙终于倒台了"，他忍不住想去嘲笑迪克一番。

等迪克走近时，米琪讥讽道："你身上的衣服不错嘛。"

"还行，"迪克迅速反击道，"我是让你的裁缝给我做的，要是我的脸再脏一点，别人就会以为我们是双胞胎了。"

"这么说，你不再冒充青蛙王子了？"

"只是现在这会儿不装了，"迪克说，"我想创造一种新潮流，就穿上了这套战服。"

"鬼才会相信你还有更好的衣服。"米琪说。

"没关系，"迪克说，"信不信随你，与我无关。"

这时，一个顾客让米琪给他擦鞋，迪克就回公寓换了衣服，继续上街干活了。

25
初学写信

晚上，福斯迪克回到家后，迪克骄傲地把信拿给他看。

福斯迪克读完信后说："这封信写得太好了，我也想见见弗兰克。"

"我就猜你会这样想的，"迪克说，"他是个大好人。"

"你什么时候给他回信呢？"

"不知道，"迪克有些犹豫地说，"我从没写过信。"

"你没理由不写，凡事都有第一次。"

"我不知道该说些什么。"迪克说。

"你先找张纸，再坐下来写，你会发现有好多可写的东西。你今晚就写信吧，不用学习了。"

"我写完后，你能帮我看看，修改一下吗？"

"好的，如果有必要，我再帮你改。不过，我认为弗兰克更想看到你自己写的回信。"

迪克决定听从福斯迪克的建议。不过，迪克非常怀疑自己能否写完一封信，他和别的孩子一样，把写信看作是一件相当严肃的事情，完全没有意识到，写信其实就是在纸上聊天而已。好在他觉得收到来信就必须回信，他也想让弗兰克收到他写的信。

准备停当后，他终于开始动笔了，没用一个晚上，他就写完了回信。由于这是迪克平生写的第一封信，信中也反映了迪克的性格特点，我们还是要读一读的。信是这样写的：

亲爱的弗兰克：

今天早晨我收到了你的来信，很高兴你还没忘记穿破衣服的迪克。现在我没有穿原来的破衣服了，因为有洞的大衣和裤子早就过时了。

我穿着华盛顿大衣和拿破仑裤子去邮局是害怕他们以为我不是穿破衣服的迪克。从邮局回来的路上，我遇到了老朋友米琪·马奎尔，他还夸奖我穿衣服更有品位了。

我也不在木箱和旧车厢里面睡觉了，因为那样对我身体不好。我已经在莫特街上租了一个房间，还请了个家庭教师，他和我同住，还负责晚上教我学习。莫特街是个没趣的地方，可我在第五大道上的大厦还没修好呢，恐怕等它完工的时候，我都已经变成白头发的老头儿了。为了修这座大厦，我已经从挣来的钱中存了一百美元。我还记得你和你叔叔对我说的话，我正在努力成为一个受人尊敬的人。和你分手后，我没再去托尼·帕斯特或老鲍厄里看戏了，我宁愿把钱存起来养老。等我头发白了的时候，我就不当擦鞋匠了，我会去找份轻松的活儿来干，比如摆个摊卖卖苹果、花生什么的。

我的家庭教师说，我已经很会读书了。我还学了地理和语法呢。现在，只要一看到名词和介词，我都能分得清清楚楚了，这个进步惊人吧。请告诉门罗先生，如果他的学校里需要一个有学识的老师，他可以请我，我会搭下一班火车来。或者，如果他打算把学校以一百美元卖出的话，我就全买下来，我还会在六个月以内把我学的知识全部教给学生。还有，教书这个行当比擦鞋挣得多吗？我的家庭教师两种行当都干，迅速地挣了好多钱，要是他能活好长时间的话，他准会比埃斯特还富裕。

我想你在学校一定过得不错，我想和你一起去划船或是打球。你什么时候能来纽约？希望你能写信告诉我来纽约的日期，我会去接你的。那时候，我会把手头的生意交给好多手下去做，然后陪着你四处逛逛。你上次来的时候还有许多地方没看呢，中央公园修得很快，它看上去比一年前好多了。

我还不太习惯给人写信，这是我写的第一封信，希望你能原谅我信中的错误，也希望你能很快给我回信。我的信写得不如你好，可是，我会尽全力的，有个人就是这么答复别人的，当时别人问他能不能游到布鲁克林。好了，再见，弗兰克。谢谢你的好心。你的回信可以寄到莫特街来。

你真诚的朋友：

迪克·亨特

迪克写完了最后一个字，便靠在椅子上满意地打量着这封信。

"我真没想到自己还能写这么长的一封信呢，福斯迪克。"他说。

"迪克，写信还要符合语法规则。"他的朋友提醒道。

"我猜这封信有好多错误，"迪克说，"你看看吧，有没有？"

福斯迪克接过信，细细读了一遍。

"里面是有些错误，"他说，"不过，看起来是你自己的风格，我想还是不做修改吧，这样会让弗兰克回想起你当初的水平。"

"这封信可以寄去给他看吗？"迪克着急地问。

"当然可以，我看写得还不错，就像你在和他聊天一样，除了你，没有别人能写得出这样一封信，迪克。我想弗兰克看到你想去当老师的提议时，一定会哈哈大笑的。"

"也许我们可以在莫特街上办一所贵族学校，这是个好主意，"迪克幽默地说，"我们可以叫它'福斯迪克和亨特教授的莫特街学校'，亨特教授主讲擦皮鞋的课程。"

夜已深了，迪克决定等到第二天晚上再誊写一遍回信。这回，他写得非常认真，最后，这封信写得漂亮极了，没人能猜到这居然是迪克写的第一封信。我们的主人公毫无怨言地浏览着信，他真替自己感到自豪，因为这封信让他清楚了自己所取得的巨大进步。他把信送到邮局，亲手把信投进了邮箱。他离开邮局的时候，在台阶上遇到了约翰尼·诺兰，约翰尼替一位先生到华尔街去跑跑腿，刚回来。

"你在这儿干吗，迪克？"约翰尼问他。

"我来寄一封信。"

"你帮谁寄信？"

"没帮谁。"

"我的意思是，是谁写的信？"

"我自己写的。"

"你会写信了？"约翰尼惊讶地问。

"我为什么不能写信？"

"我不知道你都会写信了，我就不会写。"

"你应该学学。"

"我去上过一次学，可上学太辛苦了，我就没去了。"

"你是个懒骨头，约翰尼，就是这么回事。要是你不去试试，怎么能学到东西呢？"

"我学不会。"

"只要你想，就能学会。"

约翰尼·诺兰显然有不同的想法。他天生是个好脾气，年纪不大，也没有什么坏毛病，不过总是一副没精打采的样子，也缺乏雄心大志。迪克和他截然不同，迪克不会过听天由命的日子，他知道要在大都市立足就得机灵一点，学会随机应变，否则就会被更有进取心的对手超越。哪怕是毫不起眼的擦皮鞋这一行，要想生意好，一个擦鞋匠所付出的努力和要在其他行业中获得成功的人一样多。不难看出，除非奇迹发生，否则约翰尼将永远维持现状了。而对迪克来说，他将越来越有前途。

26

一次大冒险

　　迪克开始着手到商店或会计事务所里找工作了，在找到新工作之前，他还是要去擦半天鞋，这样才不会动用银行的存款。他发现，只要擦半天鞋，他的收入就足够维持包括房租在内的日常开销了。福斯迪克想分摊一半房租，可迪克坚决不肯，一定要用这种方式来作为对朋友教他学习的回报。

　　顺便提一下，在亨利·福斯迪克的教育和熏陶下，迪克逐渐改掉了说粗话的毛病，虽然有时候他还是会说些无伤大雅的粗话，但那不过是玩笑话。我们可能已经发现了，爱说笑是迪克的天性。不过，他的举止有了很大改进，比我们最初认识他的时候更令人赞许了。

　　然而，这段时间以来，经济不太景气，商人们不仅不愿雇

202

佣新人，还在裁减老员工。迪克去求职时碰了几次壁，他认为在情况好转之前，自己最好继续干擦鞋这一行。不过，就在这时，一次意外改变了他的命运。

事情经过是这样的——

迪克不是有一百多美元的存款吗？他就把自己看成是一个有资产的人了，觉得自己偶尔可以休半天假，出去远足一下。这周三下午，亨利·福斯迪克的老板派他去布鲁克林的一个地方办事，那地方靠近格林伍德公墓。于是，迪克就穿上了最好的衣服，决定陪福斯迪克一道去走走。

两个男孩来到南渡口，每人付了两美分船票钱，上了渡船。他们站在船尾的栏杆旁，望着纽约这座大都市，还有人头攒动的码头，渐渐越来越远，消失在视线之外。他们旁边站着一位绅士和两个孩子——一个是八岁的女孩，另一个是六岁大的男孩。两个孩子围在爸爸身边，叽叽喳喳地说着话。正当这位爸爸带着小女孩看她喜欢的有趣景物时，小男孩却趁人不备，钻过保护乘客安全的铁链，摇摇晃晃地站到了船舷上，一下子落入了白浪滚滚的水中。

听到孩子的尖叫，爸爸转头一看，惊慌失措地大喊起来。他冲到船舷旁，想跳入水中救人，可是，他不会游泳，跳下去只会白白送命，也救不了自己的孩子。

"我的孩子！"他痛苦地大喊，"谁能救救我的孩子？快去救救他，我出一千，不，一万美元。"

不巧，当时船上的乘客不多，而且这些人要么待在船舱里面，要么就离得很远，在仅有的几个目睹孩子落水的乘客中就有我们的主人公迪克。

　　迪克很擅长游泳，这个本事是他好几年前学会的。他一看见小男孩落入水中，就决心要去救孩子，这时孩子的爸爸还没来得及开口求救呢。我们公平地说，在这样的危急关头，迪克根本没听见孩子的爸爸提出的报酬，他也不会只是为了报酬才愿意去救小孩。

　　迪克跳进水里的时候，这个叫约翰尼的小男孩刚在水中冒出头来，又沉了下去。迪克朝孩子拼命游去，即便如此，也要花点时间。不过，好在迪克赶得及时，正当孩子要第三次沉下去的时候，迪克抓住了他的衣服，否则他再也不会浮起来了。迪克身体很结实，可是，约翰尼把迪克抱得太紧，迪克觉得有点自身难保了。

　　"抱着我的脖子。"迪克说。

　　小男孩机械地听从了迪克的命令，惊恐地死死抱住了迪克的脖子。这样一来，迪克觉得轻松了一些。然而，渡船这时已经开远，他们追不上了。船上那位父亲脸色煞白，惊恐万分，焦灼地紧握着双手。他看到勇敢救人的迪克在水中挣扎，不禁虔诚而痛苦地祈祷，希望他们能平安获救。然而，迪克和他救的小男孩被困的地点是在河中央，所以处境非常不妙，如果不是碰巧附近有艘划艇，他们肯定会被淹死的。划艇上的两个人

看到了发生的一幕，急忙划着船来救迪克他们。

"再坚持一下！"他们一边划船一边喊，"我们来救你们了。"

迪克听到喊声，又有了力量，他在水中奋力游动，期盼地盯着渐渐靠近的小船。

"小孩，抱紧我，"他说，"有船来救我们了。"

小男孩没有看见划艇，他紧闭着双眼，好不让水进入眼睛，不过，他更使劲地抱着自己的救星。

划艇上的人又用力划了几下，终于来到了他们身边，两双强壮的大手抓住了迪克和小孩，把这两个湿漉漉的人拖到船里。

"感谢上帝！"渡船上的父亲看到孩子获救，大叫一声，"我要报答这个勇敢的男孩，哪怕倾家荡产我也在所不惜。"

"你们真是死里逃生啊，年轻人，"划艇上的一个人对迪克说，"你刚才真是太冒险了。"

"是啊，"迪克说，"刚才在水里我也认为要被淹死了，多亏了你们，要不然我们就活不成了。"

"你的胆子真大，要不怎么敢跳到水里救这个小家伙呢，这可是在拿生命冒险。"

"我会游泳，"迪克谦虚地说，"我跳进水里的时候也来不及考虑危险，可是，要我看着小家伙淹死而不去救他，我做不到。"

划艇随即朝着布鲁克林的轮渡码头划去，渡船的船长看到迪克他们得救了，认为不必再停船，就把船开走了。这一切都是在转瞬间发生的，不像我讲得这么缓慢。

小男孩的父亲在码头上等着他们，不难想象，他的心中充满了感激和失而复得的欣喜之情。他紧紧抱住小男孩，高兴得流下了眼泪。

迪克正准备悄悄离开，却被这位先生发现了，他放下孩子，握着迪克的手，激动地说："勇敢的孩子，你的大恩大德我永远也无法回报。要不是你及时相救，恐怕我现在就会陷入痛苦的深渊中，永远无法原谅自己了。"

迪克平时喜欢滔滔不绝说个不停，可是，一受到别人的赞美就往往不知该如何应答了。

"没什么，"他谦虚地说，"我的游泳水平是一流的。"

"可是没有几个人愿意为救陌生人而冒生命危险。"小孩的爸爸说，"不过，"这位先生看到了迪克身上还在滴水，突然有了新主意，他说，"你和我儿子都穿着湿衣服，这样会感冒的，幸好我有个朋友住在附近，我带你们去他家把湿衣服脱掉烘干。"

迪克推辞说自己从不感冒，可是刚赶过来的福斯迪克非常担心迪克的健康，也催促他接受这位先生的提议，最后，迪克只好同意了。他的新朋友叫了一辆出租马车，因为迪克和小男孩浑身在滴水，所以车夫还多收了一些车费。

马车一路疾驰，来到一条小街上的一所华丽的住宅前，小男孩的父亲向朋友简单解释了情况，就让两个男孩脱下衣服，躺在床上。

"我还不习惯这么早就上床呢，"迪克心想，"这是我经历过的最奇怪的一次远足了。"

迪克和其他性格活跃的男孩一样，不喜欢一直老老实实躺在床上，不过，他并没有在床上待得太久。

过了大约一个小时，房间的门打开了，一位用人走进来，他给迪克拿来了一套漂亮的新衣服。

"请您穿上这套衣服，"用人对迪克说，"不过，您可以等到休息够了再起来穿衣服。"

"这是谁的衣服？"迪克问。

"是您的。"

"我的！谁送来的？"

"是洛克威尔先生出去给您买来的，和您那套弄湿的衣服的尺寸是一样的。"

"那位先生现在还在这里吗？"

"没有，他给他儿子也买了一套衣服，现在他们已经回纽约去了，他给您留了一张纸条。"

迪克打开纸条，上面是这样写的：

请您先收下这套衣服，您的救命之恩我无法报答，这只是

我的一点微薄表示。我已经让人把您的衣服烘干了，您可以带
回去。您明天能来我的会计事务所一趟吗？地址是在珍珠街。

您的朋友：

詹姆斯·洛克威尔

27

结　尾

迪克穿上了他的新衣服，满意地瞧了瞧镜子中自己的身影。这身衣服是他有生以来穿过的最好的一套衣服了，合身极了，就像是专门为他定做的一样。

"这位先生真好，"迪克自言自语道，"可是，他没必要送我这些衣服啊。现在，幸运女神在冲我微笑了。看来，跳到水里救人要比擦皮鞋得到的报酬更多，可是，我想这种活一周大概只能干一次吧。"

第二天早晨十一点钟左右，迪克来到珍珠街上一幢堂皇的大商厦前，洛克威尔先生的会计事务所就在这里。迪克走进位于一楼的会计事务所，洛克威尔先生正坐在一张办公桌前，他一看到迪克就起身上前，万分热情地握住了迪克的手。

"年轻的朋友，"他说，"您救了我儿子一命，真是太感谢了，我也想为您做点什么事情。您说说自己的情况吧，你对未来有什么计划或希望吗？"

迪克坦率地讲起了自己的过去，他告诉洛克威尔先生，他想在商店或事务所里找份工作，不过，到目前为止，还没有成功。这位先生专注地听完了迪克的故事，然后拿了一张纸和一支笔给迪克，说："你能在这张纸上写下你的姓名吗？"

迪克在纸上流利地写下了自己的名字"理查德·亨特"，我们前面提到过，他的字已经大有进步，现在，他一点都不用为此感到惭愧了。

洛克威尔先生赞许地看着迪克写的字。

"您愿意到我的事务所来当职员吗，理查德？"他问。

迪克正要说"太棒了"，突然想起要注意自己的言行举止，便改口说"非常乐意"。

"我想您懂一些算术吧？"

"是的，先生。"

"您觉得每周十美元工资如何？下周一早晨您就可以来上班了。"

"十美元！"迪克不由得重复了一遍，他以为自己听错了。

"对，你觉得够吗？"

"我觉得有点多了。"迪克诚实地回答。

"作为起薪，这也许有点高了，"洛克威尔先生微笑着说，

"不过，我十分愿意付您这笔工资，我也相信您很快就会取得进步，配得上这样的报酬。"

迪克听了这话，真是喜出望外，差点又做出点不合时宜的惊人之举来。不过，他现在有了自控能力，于是，他只是平静地说："我会忠实地为您效劳的，您不会为雇佣我而感到后悔的。"

"我相信您会成功的，"洛克威尔先生鼓励迪克道，"我不久留您了，因为我还有一些要紧事需要处理，我们下周一早晨见。"

迪克从事务所走出来，突如其来的好运让他欣喜若狂，差点辨不清东南西北了。对他来说，每周十美元是一笔财富，比他预期的薪水高了两倍。一天前，如果能找到一份每周三美元的工作就够让他高兴的了。他盘算了一下，自己身边已经有了几套衣服，不用再花钱买衣服，这样就至少可以省下一半的工资，而且还能比从前过得更好。他也不需动用银行的存款，相反，他的存款还会稳定增长。这样一来，他就能过上理想中的生活了。一年以前，他还是个不会读书写字，夜里只能露宿在陋巷或旧车厢里的男孩，现在，他的未来却是一片光明。迪克梦想着成为受人尊敬的人，如今他的理想终于要实现了。

"真希望福斯迪克也能和我一样交上好运。"他衷心地祝福着朋友。同时，他决心要帮助这位不如他幸运的朋友，也要让福斯迪克和他一样更上一层楼。

迪克回到莫特街的住所时，却发现有人进来过，还偷走了两件衣物。

"天哪！"他惊呼道，"有人偷了我的华盛顿大衣和拿破仑裤子，难道是巴纳姆马戏团的人干的？他们莫非想靠展览我这位时髦绅士的价值连城的衣物来赚钱不成？"

迪克没有为遭受的损失哀叹多久，因为以他目前的情况来看，这两件破旧衣服是派不上什么用场了。有意思的是，后来，迪克看到它们竟然穿在了米琪·马奎尔的身上。不过，到底是不是这位"受人尊敬"的年轻人偷走了他的衣服，迪克就不得而知了。其实，迪克倒是很高兴那两件衣服丢了，这样就如同和过去漂泊不定的生活一刀两断了，他再也不想重温旧梦了。从今往后，他要努力奋斗，过上更红火的日子。

虽然这会儿才到中午，迪克却不想再出去擦鞋了，他认为现在到了"退出江湖"的时候了，他会把自己的老顾客介绍给不太走运的同伴们。当天晚上，迪克和福斯迪克进行了一次长谈。福斯迪克为朋友的成功感到由衷的高兴，他自己也带来了一个好消息，他的薪水涨到了每周六美元。

"我想我们现在能从莫特街搬走了，"福斯迪克说，"这幢房子一直不太整洁，我想搬到更好的街区住。"

"好吧，"迪克说，"我们明天就去找房子。我这几天不擦鞋了，有的是时间。我会把我的常客都介绍给约翰尼·诺兰，他生意不太好，需要有人光顾。"

"你也可以把擦鞋箱和鞋刷一起送给他，迪克。"

"不，"迪克说，"我会送他一套新的，我自己的东西我想保留下来，它们会让我想起过去的苦日子，那时，我还是个浑浑噩噩的擦鞋匠，从没想到能过上好日子。"

"简单来说，就是你还是个'穿破衣服的迪克'的时候。不过，你现在得换个名字了，想想，叫什么好？"

"理查德·亨特先生。"我们的主人公笑着说。

"一位正在走向成功和财富的年轻绅士。"福斯迪克添了一句。

各位读者，迪克的故事这就讲完了，正如福斯迪克所说，他现在不再是穿破衣服的迪克了。他已经取得了进步，而且还决心取得更大的成功。他和本书中的其他角色还将经历许多新的冒险。对迪克今后生活感兴趣的读者们将会看到本书的续集，书名就叫作《理查德·亨特：成功和财富的降临》。